KB237476

그녀의 슈즈룸
Shoes Room

김미선 지음

살림Life

shoes room

일 년 전 어느 날, 드라마 작가에게서 연락이 왔다. 그녀는 구두 디자이너가 주인공인 드라마를 준비 중인데, 워커홀릭이면서 구두를 정말 사랑하는 나의 이미지를 주인공 캐릭터를 잡는데 쓰고 싶다고 했다. 그 드라마가 바로 〈아이두 아이두〉였다.

"왜 구두 디자이너가 되고 싶었어요?"

"구두 디자이너는 어떻게 일을 해요?"

"그렇게 일에 빠져 있으면 가족들이 불만을 품지 않나요?"

"여행에 가서 구체적으로 어떤 영감을 얻나요?"

그녀는 내가 어떠한 계기로 구두 디자이너가 되었는지는 물론, 나의 철학, 평소 생각, 생활 모습, 사소한 습관까지 드라마 주인공의 캐릭터를 만들기 위해 많은 것을 알고 싶어 했고, 그런 그녀의 열정적인 모습에 나조차 잊고 있던 기억들까지 꺼내어 대답해 주었다. 첫 만남 이후 자주 연락을 하며 만난 우리는 어느새 친구가 되었다.

드라마를 위해 많은 이야기를 해주면서 처음 구두 디자이너가 되려던 순간부터 몇 년에 걸친 지금까지의 이야기를 정리해 보았고, 그녀는 이 이야기를 책으로 만들어 보는 것은 어떠냐고 조언했다.

'책은 아무나 내나?'

처음에는 웃으면서 지나쳤지만, 구두 디자이너가 되고 싶은 이들에게 도움이 되는 책을 쓰면 좋겠다는 생각을 늘 가지고 있었다. 구두 디자이너에 대한 정보가 거의 없기 때문이다.

〈아이두 아이두〉의 작가인 조정화 작가는 나에게 이렇게 말한 적이 있다.

"너를 보면 좋아하는 일을 하는 것이 얼마나 대단하고 행복한 건지 느껴져. 어쩌면 그렇게 열심히 할 수 있을까, 부럽기도 하고 자극도 되고."

나는 구두 디자이너가 되고 난 후부터 한 번도 이 길이 내 길이 아니라고 생각해 본 적이 없었다. 내 생활의 전부가 구두라고 해도 과언이 아닐 정도의 일상을 보내고 있다. 누군가는 내게 일만 하면서 사는 게 재미있느냐고 진지하게 묻기도 했지만, 한 번도 일이 재미없던 적이 없었다. 힘들거나 어려운 과정도 있었지만, 모두 추억이 될 수 있을 정도로 이 일을 좋아한다.

나는 내가 구두를 만드는 사람이라 정말 행복하다. 내가 만드는 구두가 여자를 설레게 하고, 즐겁게 하고, 행복하게 하기를 바란다.

사람은 자신이 좋아하는 것을 알아야 행복해질 수 있다. 우리 모두 행복하기 위해 사는 것이니까. 이 책을 읽는 분들이 나의 이야기를 보면서 자신이 원하는 것이 무엇인지, 좋아하는 것이 무엇인지를 찾아보는 시간이 될 수 있다면 더 바랄 것이 없겠다. 더불어 아직 해야 할 일이, 가야 할 길이 먼 디자이너의 이야기지만, 구두 디자이너가 되고 싶은 사람들에게 조금이나마 도움이 되기를 희망한다.

마지막으로 책을 만들도록 용기를 준 조정화 작가와 책이 나오기까지 많은 도움을 준 SYNN의 직원들 그리고 가족에게 감사의 마음을 전한다.

contents

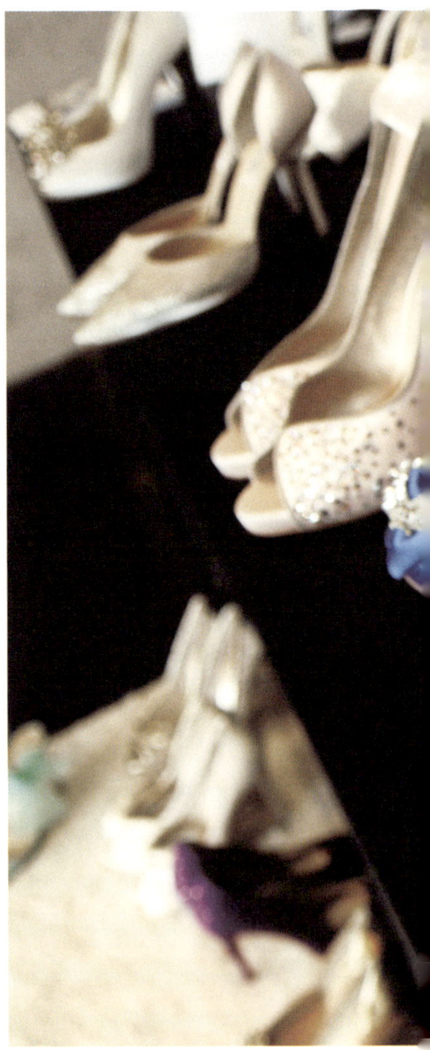

: 세 번째 방
PHILOSOPHY 당당한 여자가 신는 당당한 구두

INSPIRATION 디자인에 영감을 주는 것

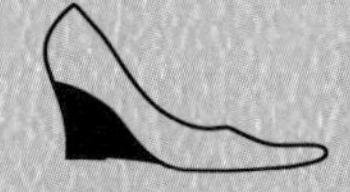

: 첫 번째 방

I DO, I DO

드라마 Vs. 현실

구두 이야기라면 며칠 밤을 새울 정도로 줄줄 풀어 놓을 수 있는 나. 그런 내 이야기가 드라마에 나왔다. 무엇보다 드라마를 계기로 이제는 친구가 된 작가가 내 이야기를 듣고 이해하고 감동을 받았다는 것이 가장 고맙고 행복하다.
'그런데 어떤 모습이 들어 있다는 거지?'

이 안에
너
있다

"구두 디자이너를 드라마의 주인공으로 정했는데 정작 아는 사람이 없어서 막막했던 상황이었어. 자료 조사를 위해 디자이너를 몇 명 만났는데 내가 상상하던 디자이너의 모습이 아닌 거야. 디자이너를 잘 포장된 모습으로만 생각하고 있었나 봐. 내 생각과 동떨어진 그들의 이야기를 들으니 도무지 구두 디자이너란 직업에 매력이 느껴지지 않아서 고민이 됐지.

멋질 거라 생각했던 공장도 막상 가보니 너무 복잡하고 지저분했고……, 도대체 이야기를 어떻게 그려나가야 할까 고민이 되던 차에 너를 만나게 된 거야. 너와 얘기를 하면서 생각했지. '아, 이 드라마를 쓸 수 있겠구나. 무슨 이야기를 써야 할지 이제 알겠어.' 이런 기분이었어."

드라마 작가였던 그녀는 나를 만난 이후로 구두 디자이너이자 슈퍼우먼인 드라마 주인공의 캐릭터를 확실히 결정했다고 한다. 일에 치여 사는 워커홀릭을 말하는 것이 아니었다. 본인이 좋아하는 것이 무엇인지 알고 그것을 위해 자신을 던지는 사람, 인생의 우선순위가 정해진 사람을 드라마 주인공으로 써야겠다고 생각했단다.

내 이야기를 듣고 드라마 주인공도 저랬으면 좋겠다고 생각했다니 몸 둘 바를 모를 정도로 부끄럽기도 하고 감동적이기도 했다. 고맙게도 그녀는 나를 너무 좋게 봐준 것 같다.

"이 안에 너 있다."

몇 년 전 유행했던 드라마 〈파리의 연인〉의 대사지만, 드라마 작가인 친구가 내게 해 준 이야기이기도 하다. "이 드라마에 네가 여기저기 들어 있어."라고.
하지만 나는 드라마 여주인공처럼 자신감이 넘치는 슈퍼우먼도 아니고, 잘생긴 연하 남과 로맨스를 해 본 적도 없는 평범한 여자일 뿐. 물론 아이를 가진 것도 아니다.

좋은 구두가
좋은 곳에
데려다 준다

"왜 하필 구두예요?"

"하필 이라니?"

"옷, 가방, 보석, 시계 많잖아요. 왜 하필 젤 밑바닥에 있는 거냐고요."

"좋은데 이유가 필요하니?"

"난 이해가 안 돼요. 옷처럼 잘 보이는 것도 아니고, 그렇다고 편하길 해? 시계나 보
석처럼 재산가치가 있는 것도 아니고."

"너, 좋은 구두가 좋은 곳으로 데려다 준다는 말 들어봤어? 처음엔 그저 예쁜 구두가
행운을 가져다준다는 말인 줄 알았어. 근데 아니야. 구두는 나에게 마법을 걸어 주거
든. 내가 용감해 질 수 있도록, 내가 최고라고 느낄 수 있도록. 그래서 마음이 이끄는
곳으로 나를 데려가는 거야. 내 마음이 이끄는 곳. 거기가 제일 좋은 곳이니까."

—

드라마 〈아이두 아이두〉 중에서

이것은 판타지 같은 말이 아니다.

좋은 구두를 신으면 좋은 에티튜드가 나오고, 좋은 곳에 가게 되고,

좋은 곳에 갈 때는 좋은 구두를 신게 된다.

격식 있는 자리나 멋진 장소에 가게 될 때 신발이 마음에 들지 않으면 신경이 쓰이

고, 가는 것도 꺼려지는 내 경험에서 나온 이야기이기도 하다.

내가 유난히 신발에 신경을 쓴다기보다, 여자라면 공감할 수 있는 얘기라 생각한다.

©코스메데코르테

더하는 것은
쉬워도
빼는 것은 어렵다

"아무리 그래도 리폼 콘테스트인데, 뭔가 고친 시늉은 해야 하는 거 아닌가요?"

"했어요. 비즈도 떼고, 코사지도 떼고, 스트랩도 떼고. 아, 상표도 뗐네요.

다 떼고 라인만 살렸잖아요. 그것도 아주 완벽하게.

초보들은 뭔가를 자꾸 더하기 마련인데

이 정도로 과감하고 결단력 있는 디자이너라면 한번 키워보고 싶네요."

—

드라마 〈아이두 아이두〉 중에서

디자인을 할 때 더하는 것은 쉬워도 빼는 것은 어렵다. 대부분 심플한 디자인을 무난하다고 표현하고 기본이라 생각하는데, 기본을 만드는 것이 어려운 것은 아마 만들어 본 사람은 알 것이다. 비어 보이거나 부족하지 않은, 군더더기 없는 심플한 느낌의 구두는 아마 패션을 사랑하는 사람이라면 누구나 좋아하는 아이템이리라. 잘 만들어진 화이트 셔츠나 블랙 미니 드레스처럼.

급박한
상황

"어떻게 된 거야? 분명히 넘기기 전에 사이즈 체크하랬지!"

"몇 번이나 확인했는데 피팅할 때 왔던 모델이 아닌 거 같기도 하고……."

"모델 얼굴도 기억 못 해?"

"외국 애들 생긴 게 다 거기서 거기라…… 죄송합니다."

지안은 손에 든 구두를 바라보며 고민한다. 그러다 자신의 레이스 스커트를 죽 찢어서 가위로 잘라낸다.

"이걸로 리본 두 줄 만들어 와. 폭 3Cm, 길이 40Cm 정도. 나가서 순간접착제도 사오고, 은사, 진주, 일자 드라이버와 글루건도 줘. 뭐해? 엉덩이에 붙붙여줘?"

지안은 가위로 구두 뒷부분을 잘라내고, 리본으로 매듭을 만들어 구두에 연결하고, 진주를 붙인다. 그리고 모델에게 뒤축 없는 구두를 신기고 리본을 스트랩처럼 발목에 묶는다.

"어때?"

"괜찮은 거 같아요."

—

드라마 〈아이두아이두〉 중에서

일하면서 급박한 상황은 늘 발생하기 마련이다. 특히 패션쇼에서 모델의 구두 사이즈가 맞지 않는 일이 가끔 발생한다. 대부분 미리 리허설을 하지만, 상황이 여의치 않을 때는 구두 없이 리허설을 하는 경우도 간혹 있다.

그런 이유로 쇼 직전에야 모델에게 구두가 맞지 않는다는 것을 알게 된 적이 있었다. 보통 넉넉하게 비상용 구두를 준비하지만, 공교롭게도 그 모델이 신어야 할 구두는 준비되지 않았다. 쇼 시작까지는 5분 남짓. 난감한 상황이었다. 구두가 작다면 모델이 참고 걸어주면 되지만, 큰 것이 문제였다. 구두가 크면 벗겨질 수밖에 없으니 도무지 방법이 떠오르지 않았다. 발바닥에 깔창을 까는 것도 도움이 되지만, 그날따라 깔창도 준비되어 있지 않았다.

그때 순간적인 아이디어가 떠올랐다. 곧바로 양면테이프를 준비시켰고 모델의 발바닥과 구두의 안쪽 바닥에 붙였다. 다행히 쇼는 별 탈 없이 치러졌고, 백스테이지에서 불편해하던 모델은 런웨이에서 아무렇지 않은 듯 멋지게 워킹을 보여줬다.

양면테이프의 활약은 여기서 끝나지 않았다. 화보 촬영 중 구두 장식이 왕창 떨어지는 대형 사고로 머릿속이 하얘져 아무것도 할 수 없었는데, 막내 디자이너가 양면테이프를 들고 달려와 하나씩 정성껏 붙여주기도 했다.

그런가 하면 구세주 같은 양면테이프 때문에 고생한 적도 있다. 영화제 때 우리 구두를 신은 여배우가 레드 카펫에서 구두가 벗겨지는 사고가 있었는데, 다행히도 구두의 문제는 아니었다. 촬영 카메라를 위해 붙여 놓았던 양면테이프에 구두가 철썩 붙어버린 것이었다. 그녀는 구두를 신기 위해 안간힘을 썼고, 그 장면이 그대로 보도되었던 웃지 못할 에피소드도 있었다.

급박한 상황은 언제 어디서건 예고 없이 생긴다. 당시야 피가 마르는 것 같고, 울고 싶은 순간이지만 시간이 지나니 모두 추억이 된다. 웃으면서 이야기해줄 수 있는.

▶쇼 현장은 늘 빠르고 정신없다. 생각하지 못한 위급한 순간이 발생하기도 하지만 다행히 잘 해결이 되고 추억거리가 된다. 2012 S/S 김서룡 옴므 컬렉션.

현실에서는
절·대·로
할 수 없는 말

"아니, 비싼 돈 내고 사는데 뭔가 다른 게 있어야지.

이럴 거면 짝퉁을 사지 뭐 하러 매장 와서 사겠어? 안 그래요?

기왕 만드는 거 좀 가볍고 편하게 못 만드나?"

"불편하게 화장은 왜 하고 다닐까. 스키니진은 왜 입고. 가볍고 편하게 몸뻬나 입지."

"지금 나 들으라고 한 소리예요?"

"마라톤용 슈즈를 찾으시나 본데, 저희 매장엔 준비되어 있지 않으니

가까운 운동화 매장으로 가보시죠. 손님."

"참나, 손님한테 이래도 되는 거야?"

"당연히 안 되죠. 근데 손님도 구두한테 그러면 안 되는 거예요.

아무리 구두를 모르셔도 그렇지, 짝퉁이라뇨."

드라마 〈아이두 아이두〉 중에서

드라마 주인공처럼 매너 없는 고객에게 할 말을 다 할 수 있다면 얼마나 속이 시원할까? 하지만 실제로는 절대로 일어날 수 없는 일이다. 아마도 당장 '○○구두 매장 막말 디자이너'란 타이틀이 달려 동영상이 올라오고, 기록적인 댓글 수를 자랑하며 공개적으로 지탄을 받을 것이다.

때로는 매너 없는 고객의 심한 요구나 상처받는 말에도 웃으면서 응대할 수밖에 없는 것이 현실이기에 드라마 속 이야기는 속 시원하면서도 먼 나라 이야기로 느껴진다.

구두는 짝퉁
단속이
없다

가방은 가짜 상품 단속이 있지만
구두는 디자인 도용에 대한 단속이 거의 없다.

영감을 받아 디자인하는 것과 카피를 하는 것이
한 끗 차이로 보일 수 있지만,
디자이너 입장에서는 천지 차이다.

어쩔 수 없는
워커홀릭

"저 수술 못해요. 콜라보레이션 준비도 해야 되고, 공장 증축도 해야 되고,
밀라노 출장도 잡혀 있고……. 하여간 연말까진 도저히 뺄 시간이 없어요."

–

드라마 〈아이두 아이두〉 중에서

병원에서 의사 선생님께 내가 한 말과 어찌나 똑같던지……. "저 아프면 안 돼요."라
고 말해 의사 선생님을 황당하게 만들었던 나. 여주인공과 내가 닮은 모습은 역시 워
커홀릭이라는 걸까?

인생의 균형

"그러는 당신은 성공한 인생인가?"

"뭐?"

"돈 잘 벌고, 좋은 차 굴리고, 그럼 성공한 인생이냐고."

"……."

"부모한텐 팽 당하고, 친구 하나 없어서 처량 맞게 혼자 이런 데서 소주나 마시는
당신……. 내 눈엔 참 안돼 보이는데? 되게 불쌍해 보여."

"네까짓 게 뭘 안다고……."

"나야 모르지. 당해본 적이 없는데. 당신 주변엔 사람은 없고 신발짝만 있을 거 같아.
그것도 우라지게 많이. 근데 아무리 많아도 신발은 신발일 뿐이잖아."

—

드라마 〈아이두 아이두〉 중에서

극 중 여주인공의 상황은 참담하다. 사람에 관심 없고, 일에 빠져 친구 한 명을 제외하면 주변에 변변한 사람 하나 없다. 과장된 부분이 있기는 하지만, 아침부터 밤까지 일을 하니 주변과의 단절이 꼭 극 중 상황만은 아니다.

일은 무엇일까. 성공을 위해, 성취감을 위해, 때론 가족을 먹여 살리기 위해 많은 사람들이 고군분투하고 있다. 힘들게 일해도 밸런스를 맞추지 못하면 결국 주객이 전도되어 버리는 상황이라니. 너무 어렵다.

나는 밖에서 호랑이 같은 디자인 실장으로, 회사의 대표로 일을 하고 있다. 크고 작은 프로젝트들이 이어지고, 그것들을 준비하고 총괄하면서, 직원들에게는 이것도 제대로 못 하냐고 호통을 치는 일이 빈번하다. 때로는 일로 인해 괴로울 때도 있지만 대부분 일에서 보람을 느끼고 행복을 느끼는 것을 보면 나는 영락없는 워커홀릭의 모습을 가지고 있다.

단순히 일 중독이 아니라 정말 내 일을 사랑하기 때문에 불만은 없지만, 이런 나의 모습이 가족들에게 어떤 영향을 끼친다면 그것은 미안하고 안타까운 일이다. 내 욕심에 가족에게 못할 짓을 해서는 안 되는 거니까.

나쁜 아내

집으로 들어오는 지안. 손에는 맥주 한 캔, 컵라면이 담긴 편의점 비닐봉지가 들려
있다. 거실 바닥에 굴러다니는 음료수 캔이며 과자봉지들. 난지도가 따로 없다.
잡지와 스케치북이 두서없이 늘어져 있고, 뱀 허물처럼 벗어놓은 스타킹이며,
세탁소에서 가져온 비닐도 벗기지 않은 옷들이 소파 위에 커커이 쌓여 있다.
오래전에 말라비틀어진 화분에는 '축 승진'이라는 리본이,
각종 감사패와 트로피 위에는 수북이 먼지가 쌓여 있다.
한마디로 아늑함이라곤 전혀 찾아볼 수 없는 곳.
냉장고 문을 열면, 곰팡이 핀 귤 두어 개가 굴러다니고, 물병과 맥주 몇 캔이 듬성듬
성 꽂혀 있다.
김치통 안에는 허옇게 곰팡이가 내려앉았다.

—

드라마 〈아이두 아이두〉에서

하루는 작가 친구가 그렇게 바쁘게 일을 하면 집안일은 어떻게 하냐고 물어보았다. 생각해보니 아침부터 밤늦은 시간까지 일에 파묻혀 집안일은 등한시하기 일쑤였다. 그런데 우리 집을 둘러보니 웬걸? 모두 제자리에 놓여 있고 반듯하게 정리가 되어 깨끗하다. 깔끔하고 정확한 남편 덕분이다. 나는 어지르기 대장이고 남편은 치우기 대장.

결혼한 친구들은 대부분 남편에 대해 이렇게 말하곤 한다.
"매일 아침에 나가서 밤늦게 들어와서는 피곤하다고 집에서 꼼짝도 안 하는 거 있지. 아니 누구는 하루 종일 노나? 자기도 나도 같이 회사 생활하는데, 집에서 나만 집안일을 하다보면 화가 나 죽겠어."
그런 면에서 나는 운이 참 좋은 편이다. 다행히 그런 문제로 남편과 트러블이 있었던 적은 없었으니까. 하지만 냉정히 생각해보면, 드라마 속 '나쁜 남편'의 모습은 죄다 내가 하고 있는 건 아닐까? 그걸 깨닫는 순간, 남편에게 미안한 마음이 밀려왔다. 그는 과연 어떻게 생각할까?

"상관없어. 당신이 일 좋아하는 걸 모르고 결혼한 것도 아니고."

고민 끝에 물어봤는데, 고맙게도 남편은 참 심플하게 대답해 주었다. 그러고 보니 예전에 읽었던 『히로』의 한 대목이 생각난다.

하느님은 참 멋지게 일을 하는 것 같아.
마음이 맞지 않는 사람은 어디에나 있지만
같은 비율만큼 가치관이 맞는 남녀를 배치해 두었을 거야.

나 같은 아내에 맞는 이런 남편이 있으니, 오늘도 밖에서만큼은 슈퍼우먼이 될 수 있는 거겠지?

물론 일을 하는 것은 결국 행복해지려는 것이니까, 당연히 그 행복에 가족이 함께해야 한다. 난 일을 좋아하지만, 사람 역시 좋아한다. 내게는 사람이 힘이고, 그 힘이 일을 할 수 있는 원동력이 된다.

"우리가 행복해야 사람들에게 행복을 주는 구두를 만들 수 있는 거야."

내가 늘 직원들에게 하는 이야기는 듣기 좋으라고 하는 말이 아니다. 우리는 행복하기 위해 일을 한다는 사실을 잊지 말아야 한다. 일과 생활의 밸런스를 맞추는 것. 그것은 행복의 가장 중요한 시작일 것이다.

드라마는
드라마일 뿐

"에이, 저런 게 어디 있어."

"저건 말도 안 된다."

전문직 드라마에서 직업 관계자가 드라마를 볼 때, 맞장구를 치는 것
보다 부정적인 반응이 더 많지 않을까? 패션업계에 종사하다 보니, 패
션계를 묘사하는 드라마를 볼 때 특히 그렇다.

대체로 패션 관련 스토리는 드라마 속에서 화려하고 환상적으로 포장되기 때문에 더 괴리감이 크다. 어렸을 적에는 아무것도 모르고 봤던 〈별은 내 가슴에〉를 떠올리면 과연 저런 상황이 일어날 수 있을까 싶고, 마찬가지로 구두 디자이너가 주인공이었던 〈토마토〉나 속옷 디자이너가 주인공인 〈미스터 큐〉 같은 드라마도 너무 극적이라 현실을 배경으로 하고 있다는 생각이 들지 않았다.

몇 년 전에 봤던 〈스타일〉 같은 드라마도 다소 과장된 배경과 캐릭터라는 생각이 든다. 아무래도 전문적인 이야기를 극적으로 만들기 위해 드라마 제작 여건상 생기는 문제들을 감안하면, 현실과 완벽하게 부합이 되기보다 때로는 과장되고 때로는 축소될 수밖에 없는 것 같다.

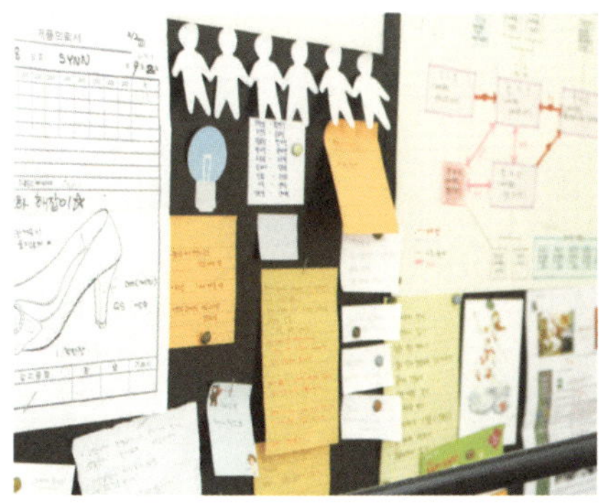

: 두 번째 방

GROWTH

구두 디자이너의 시작

구두를 여자로 의인화하는 것,
그것은 나만의 영감. 내 디자인의 특징.

그것은 어렸을 적 인형놀이에서
시작되었다.

인형놀이

나는 딸 셋의 첫째다. 그러다 보니 어렸을 때부터 여동생들과 함께 노는 시간이 많았다.

"애들아, 인형놀이 하자."

그러면 여동생 둘은 각자의 인형이 담긴 박스를 하나씩 들고 모였다. 바비인형, 미미인형으로 불리던 마론인형은 나에게 장난감 이상의 존재였다.

인형을 좋아하다 보니 자연스럽게 마론인형에 어울리는 예쁜 인형옷을 모으기 시작했다. 그러다 인형옷을 모으는 단계를 넘어 직접 만들게 됐다. 엄마는 인형옷을 만들겠다고 낑낑대며 바느질을 하던 내가 귀여웠던지 양장점을 운영하셨던 친구에게 부탁해 다양한 조각천을 얻어주셨다.

사용할 수 있는 천이 많이 생기자 다양한 소재로 인형옷을 만들 수 있었다. 시폰으로 블라우스를, 실크로 드레스를, 면으로 티셔츠를 만들었다. 나중에는 고난이도였던 데님 원단으로 청바지 만드는 것까지 시도해 동생들의 환호를 받기도 했다.

인형옷을 만들기 시작하면서 나의 관심은 신발이나 가방으로 확대되었다. 그 어린 나이에 스타일링이란 것을 알았을 리 없었겠지만, 옷을 만들면 반드시 거기에 맞는 신발과 가방을 코디네이션하곤 했다. 그 중에서도 신발만은 항상 빼놓지 않았다.

그래서
구두를 만들기
시작했다

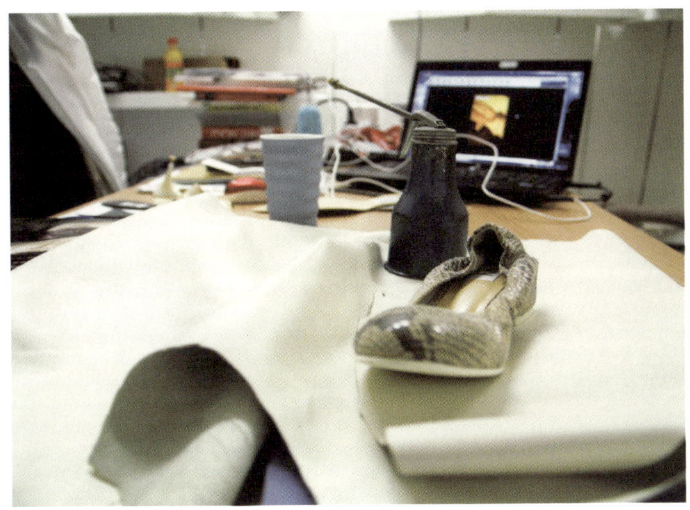

완구점을 갈 때면 인형에 어울리는 하이힐, 샌들, 플랫, 스니커즈는 물론 당시 유행하던 롤러스케이트까지 다양한 인형 구두를 사곤 했다. 어찌나 완벽하게 코디하고 싶었던지 학교 앞 문방구에 마땅한 인형 구두가 없으면 다른 동네까지 원정 쇼핑을 갈 정도였다.

이런 나를 위해 아빠는 해외 출장을 갈 때마다 인형 구두 세트를 사오곤 했다. 처음 인형 구두 세트를 선물로 받았을 때, 어찌나 흥분을 했던지 밤을 꼴딱 샜다. 지금까지 보았던 것보다 훨씬 더 섬세하고 세련된 인형 구두들. 그것들은 내 마음을 흔들어 놓기에 충분했다. 어른들이 신는 신발처럼 세심하게 디자인되어 있었고, 리본, 꽃, 보석 등 장식들도 화려했으니 말이다.

한층 눈높이가 높아진 나는 더 많은 인형 구두들을 모으고 싶었는데, 옷만큼 다양하지 못해 늘 부족했다. 내가 만드는 인형옷이 늘어날수록 어울리는 신발들은 항상 모자랐다.

그.래.서.
나.는.
인.형.옷.을.만.드.는.것.처.럼.
인.형.구.두.를.만.들.기.시.작.했.다.

생각해 보면 나는 옷만큼이나 구두에도 집착했었던 것 같다.
그냥 단순하게 옷에 매치할 신발이 필요했던 것이지만.

하이힐에 대한 로망

어렸을 적 나는 여느 여자 아이들처럼 하이힐에 대한 로망이 있었다. 그래서 신발장에서 엄마의 하이힐을 꺼내어 신고는 또각또각 소리를 내며 걸어 다니곤 했다. 친구들이 놀러 왔을 때도 엄마 구두를 신고 뽐내기를 좋아했다. 굽 높은 하이힐을 신은 내 모습이 근사해 보여서 친구들 앞에서 괜히 우쭐해했던 기억이 난다.

엄마 구두는 소꿉놀이 장난감이자 나를 더 화려하고 예뻐 보이게 하는 마법지팡이라고 생각했던 것 같다.

구두 디자이너가 된 뒤, 엄마는 "구두를 그렇게 좋아하더니 이제 직업이 되었구나. 초등학교 때, 학교 가라고 했더니 엄마 구두를 질질 끌고 가기에 깜짝 놀란 적이 있지."라고 말씀하신 적이 있다.

어릴 적 몰래 신곤 했던 엄마 구두는 오래도록 기억에 남아 영감을 주는 존재가 되었다. 어릴 적 구두를 신고 즐거웠던 기억, 어른이 된 것 같은 기분, 여자로서의 행복감…… 이런 감정들은 구두 디자이너가 된 후에 많은 도움이 되었다. 구두가 여자를 얼마나 즐겁고 행복하게 만들어 줄 수 있는지, 내가 어떤 구두를 만들어야 하는지. 내가 디자인한 구두가 누군가를 행복하게 할 수 있다면 그것은 정말로 의미가 있고 감사한 일이다.

오늘도 나는 여자를 위한 구두를 디자인한다.
꼬마 숙녀가 엄마 구두를 몰래 신는 마음을 떠올리면서.

스무 살,
생애 첫
하이힐

엄마 구두를 몰래 신던 나는 대학생이 되어서 처음으로 하이힐을 샀다. 당시 '7cm 굽을 신으면 다리가 아름답게 보이고, 세상이 아름답게 보인다.'라는 한 광고 문구를 보고 좀 더 높은 9cm 굽의 하이힐을 샀다. 키도 컸던 내가 왜 그렇게 욕심을 부렸을까 싶은데, 아마도 내 하이힐을 갖는다는 것에 마냥 설레고 행복해서 무조건 예뻐 보이는 높은 굽에 손이 갔던 것 같다.

스무 살, 처음으로 제대로 신어본 하이힐은…… 정말 힘들었다. 처음 신고 외출했던 날 발가락과 뒤꿈치에 물집이 잡힌 것은 물론이거니와 허리와 무릎이 시큰거려 밤에 끙끙 소리를 낼 정도였다. 그것은 내게 무척이나 충격적인 일이었다. 나는 여자라면 누구나 당연히 하이힐을 신는다고 생각했고, 하이힐이 불편한 신발이라는 것에 대해 전혀 생각하지 못했다.

첫 하이힐을 경험하고 나서 조금씩 굽을 낮춰가며 여러 구두를 신어 보았고, 신발장에는 하나 둘 구두가 늘기 시작했다. 처음에는 부모님을 졸라 비싼 브랜드 슈즈를 구입하다가 점차 보세 슈즈숍에 있는 예쁜 구두들로 눈길을 돌렸다.

대학생의 용돈으로 살 수 있는 구두는 많지 않았고, 당시에는 디자이너 슈즈나 수제화를 볼 수 있는 곳도 많지 않아서 이대 앞이나 명동, 동대문 등에서 디자인이 예쁜 구두 위주로 많이 신어보았다. 요즘처럼 중국에서 마구잡이식으로 만든 저가 구두가 없을 때라 저렴한 가격의 구두라도 구두다운 구두들이 많았다.

대학생 때 다양한 구두를 직접 신어보았던 경험은 훗날 구두 디자인을 할 때 아주 유용했다. 어떤 모양이 편한지, 어떤 라스트 구두를 만드는 발모양의 틀가 잘 맞는지, 어떤 굽 높이가 적당한지 등 구두에 대한 거의 모든 것들을 경험할 수 있었다. 시도와 경험으로 배우는 것이 가장 중요하면서도 소중한 공부라는 사실을 몸소 느꼈던 것이다.

▶하이힐은 여자를 더욱 예쁘게 만든다. 아무리 신기 힘들더라도 절대 내려올 수 없는 것은 여자의 숙명이자 욕망이 아닐까? 굽이 두껍거나 플랫폼이 있는 디자인을 신으면 굽이 높아도 편하게 신을 수 있다.

나는 대학에서 의상을 전공했다.

어려서부터 옷을 좋아했던 나로서는 당연한 선택이었다.

졸업 후 의류 회사의 막내 디자이너로 입사하게 되었고,

나는 내 인생의 모든 것이 이루어졌다고 생각했다.

하지만

흥분되고 신나던 시간도 그리 오래가지 못했다.

사회생활을 막 시작한 초년생이라면 새로운 환경과 직업에 적응하느라 힘든 시간을 보내는 게 당연하다고 생각했다. 하지만 고된 일들이 반복되자 조금씩 지쳐갔다. 막내 디자이너였던 나는 동대문, 남대문 시장을 비롯해 여러 곳을 돌아다니며 구해오라고 지시받은 원단과 부자재들을 찾아야 했다. 아니, 찾아내야 했다. 선배들이 시키면 무조건 찾아서 코앞에 대령해야 했고, 없는 것이라면 만들어서라도 가야 하는 것이 나의 역할이자 임무였다.

막내 디자이너가 되어 돌아다녔던 동대문 원단 시장은 대학생 시절 과제를 하기 위해, 놀기 위해 즐거운 마음으로 들렀던 곳과 동일한 곳이 맞나 싶을 정도로 넓고, 복잡했고, 많은 디자이너들이 정신이 반쯤 빠진 얼굴로 뛰어다니고 있는 삭막한 곳이었다. 시장 안의 지리도 잘 몰랐거니와 어느 매장에서 어느 물품을 취급하는지도 몰라 어리둥절했지만, 선배들은 별다른 설명 없이 할 일만 잔뜩 던져주었다. 선배들이 얼마나 엄하고 무서웠던지 궁금한 것이 있어도 묻기 어려웠고, 제대로 듣지 못한 것을 다시 질문할 수도 없었다. 그 무서운 선배들 밑에서 또 무슨 야단을 맞을지 몰라 벌벌 떨면서 내가 무슨 일을 하고 있는지도 모른 채 시키는 일들을 어떻게든 해결하기 위해 마구 뛰어다녔다.

학교에 다닐 때는 나름 우등생으로 칭찬도 받았고, 디자인에 대해 알만큼은 안다고 생각했었다. 입사만 하면 바로 디자이너 직함을 달고 앉아서 그림이나 그리며, "이 옷이 내가 만든 옷이야."라고 뿌듯해하며 내가 디자인한 옷을 자랑할 줄로만 알았었다. 디자이너란 화려하고 멋진 선망의 직업이라는 생각만 있었지, 이렇게 혼이 쏙 빠지게 바쁘고 치열한 일인 줄 차마 몰랐으며, 이렇게 눈물이 쏙 빠지게 하는 선배들 아래에서 매일 혼나가며 일을 배우리라는 것은 상상조차 못했다.
"대한민국에 안 되는 게 어디 있니?"라는 유행어는 막내 시절에 가장 많이 들었던 말이다. 지금 되돌아보면 추억이고 그 덕분에 많은 것을 배웠지만, 당시에는 매일 울면서 버틴 지옥과도 같은 시간이었다.

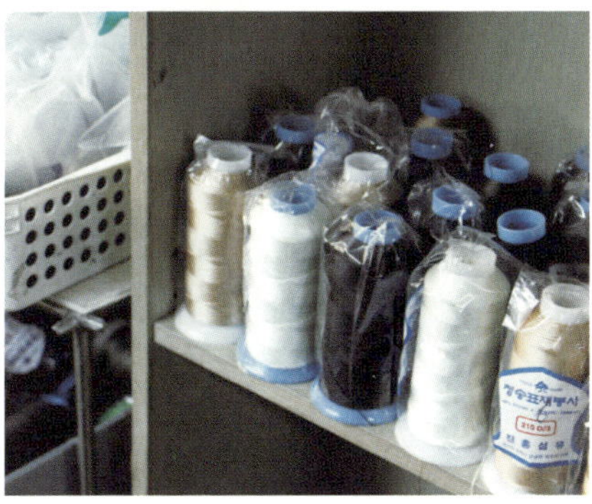

두 번째 방 : GROWTH   구두 디자이너의 시작

디자이너로
　　　살 수
있을까?

막내 디자이너 생활을 거치며 디자이너라는 직업에 익숙해지자 조금씩 다른 생각이 들기 시작했다. 일이 힘들고 고된 것은 괜찮았다. 하지만 동기들이나 선배들이 하는 것을 보면서 나는 저렇게 하지 못하겠다는 생각이 들었다. 그들이 뛰어난 재능을 갖고 있어 좌절감이 들 정도로 주눅이 들었기 때문이 아니었다. 일의 윤곽이 잡혀가면서 반복되는 일들이 지겨워졌고, 옷을 만드는 것이 너무나 재미가 없고 하기 싫었던 것이다. 흥미를 잃었고, 동시에 자신감도 잃었다. 고민이 깊어질수록 '내가 옷을 만드는 것에 재능이 없는 것은 아닐까? 내가 감각이 없는 것은 아닐까? 정말 디자이너가 내 길일까?' 하는 생각이 점점 커졌다.

지금 생각하면 의상 디자이너가 나와 맞지 않았던 것 같다. 구두 디자인을 시작하고는 한 번도 내 길이 아니라는 고민을 한 적도, 디자인을 하거나 일을 하는 것이 괴로운 적도 없었으니까.

아주 어릴 적부터 나의 꿈은 의상 디자이너였다. 하고 싶은 일을 수순대로 밟고 올라왔지만 지나고 나니 이것이 내 길이 아닐 수도 있다는 생각이 들었다. 그 때는 내 인생의 혼란기라고 해도 좋을 만큼 당황스러운 감정으로 머리와 마음이 복잡했다.

'그토록 꿈꾸던 디자이너가 되었는데 재미가 없다니…….
나는 디자이너가 될 사람이 아닌가 보다.'

이런 생각을 하고 나니 허탈감이 몰려왔다. 하고 싶은 일도 없고, 할 수 있는 일도 없겠다는 생각이 들었다. 마침 몸도 좋지 않은 상태라 2년 여 만에 막내 디자이너 생활밖에 해보지 못한 채 회사를 그만 두었다.

이후 사무직으로 취직을 했다. 디자이너 생활과는 비교도 할 수 없는 평온하고 조용한 생활이 시작되었다. 의류 회사 특유의 날카로움도, 날 선 긴장감도 없었다. 호랑이 선배들 아래에서 버텨낸 것이 이렇게 도움이 될 줄은 몰랐다. 그 곳에서 보낸 시간이 나도 모르는 사이에 나를 단단하게 단련시켜 놓았다. 스스로 고된 일을 해왔다는 생각 때문이었을까? 이후 사무직에 근무하면서 어렵거나 힘들다는 생각을 해본 적은 한번도 없었다. 하지만 그만큼 즐거움이나 만족, 보람도 없었다. 일은 그저 일이고, 출근해서 시간 내에 일을 마치고 퇴근하는 생활이 반복되었다.

나는 사람들에게 도움이 되는 직업을 가지고 싶었다. '의상 디자이너가 되어 모두를 즐겁게 만드는 옷을 만들어 보자, 그러면 도움이 될 거야.' 이런 생각과 함께 꿈꾼 의상 디자이너는 나의 길이 아니었다. 그렇다면 나는 어떻게 해야 하는 걸까?

그래, 구두가 있었어

뜬금없이 들릴지 모르겠지만, 이십 대 중반의 나이에 나는 치과의사가 되기로 결심했었다. 다른 사람에게 도움이 될 수 있는 직업에 대해 고민한 끝에 결정한 것이었다. 나는 무언가를 시작하는 것에 두려움이 없는 편이다. 그래서 다시 공부를 시작하기로 했다. 주변에서는 잘 다니던 회사를 그만두고 갑자기 공부하는 것을 걱정했지만, 한번 시작하면 파고드는 내 성격을 알았기에 크게 말리지 않았다. 크게 말렸다 한들 내가 그만 둘리도 없었을 테고 말이다.

치의학 대학원을 준비 중이던 어느 날, 카페에서 차를 마시며 낙서를 하다 구두 그림을 그리게 되었다. 어릴 적부터 한가할 때 낙서를 하거나 그림을 자주 그리는 편이었는데, 그날따라 구두를 여러 개 그리고 보니 갑자기 머릿속을 스쳐가는 생각이 있었다.

'그래, 구두……. 나는 구두를 좋아하잖아. 구두 디자이너가 되어 보는 건 어떨까?'

머릿속을 스친 생각에 갑자기 마음이 설레면서 가슴이 두근거리고 흥분되었다. 어린 시절, 인형 구두를 만들겠다며 가죽 조각을 오리던 기억이 떠올랐다.

그 때의 기분은 아직도 잊을 수가 없다. 영화나 드라마를 보면 무언가 크게 깨달음을 얻거나 중요한 순간에 과거의 시간이 파노라마처럼 지나가는 장면이 있는데, 그런 순간이 내게도 생긴 것이다.

우연히 시작된 그림 하나로 구두 디자이너의 길이 열린 것이다.

구두는
의상의
부속품?

구두 디자이너로 생각이 집중된 이후 모든 것이 빠르게 움직였다.
겉으로 볼 때 크게 시작된 것은 없었지만, 첫눈에 반해 사랑에 푹
빠져버린 소녀처럼 이미 내 마음은 온통 구두 디자인 뿐이었다.

곧바로 의상 디자이너를 하고 있는 친구들에게 전화를 걸어 물어보았다. "너희 브랜드는 어디에서 구두를 만들고 있니?" 하지만 이 질문에 시원하게 대답해 주는 사람은 없었다. 관심을 두지 않아 잘 모르거나, "글쎄?"라는 대답이 먼저 돌아왔다.

그도 그럴 것이 패션 디자이너라는 말은 많이 사용하고 들어보았지만, 구두 디자이너라는 명칭은 생소한 단어였다. 의류 회사에서도 구두는 액세서리 중 하나로 취급하면서 디자인은 크게 신경 쓰지 않던 분위기였다.

아직도 일부 브랜드에서는 이런 분위기가 남아 있다. 지금이야 구두가 패션의 하나로 당당히 인정받고 구두 디자이너도 적지 않게 관심을 받고 있지만, 예전에는 의상을 돋보이게 하는 부속품 정도로 생각하는 의상 디자이너들도 많았었다.

사정이 이렇다 보니 물어보려 해도 물어볼 곳이 없었다. 대학에 관련 학과가 있는 것도 아니고, 주변에서 알고 있는 사람도 없었다. 이미 나의 마음은 열병과도 같이 화르르 타고 있는데, 어떻게 구두 디자이너가 될 수 있는지를 알아낼 방법이 없으니 답답할 따름이었다.

그러던 중 아는 지인으로부터 수제화를 판매하는 동대문 시장을 소개받았다. 당시 동대문 시장은 매장마다 디자이너를 두고 구두를 제작해서 소매업체에 판매하는 도매시장이었다. 이런 곳에서 공장의 연락처를 알아내려는 것은 마치 사업 기밀을 파내는 것과 같아 도무지 알 길이 없었다.

혹시 친분이라도 쌓으면 방법을 알 수 있지 않을까 싶어 몇 군데 업체에 구두를 주문해 보았지만, 주문량이 많지 않았기 때문에 이것을 빌미로 업체와 친분을 쌓기란 무리였다. 하지만 지성이면 감천이라고 했던가? 생각지 못한 곳에서 행운이 찾아왔다.

구두를 주문했던 한 업체에서 구두를 보낼 때 실수로 작업 지시서를 함께 보내 온 것이다. 실제 작업 지시서를 1/4로 축소한 것이어서 글씨는 작고 흐릿했지만 공장의 이름과 지역만은 알아볼 수 있었다. 몇 달 동안 시장을 들락거리며 간신히 얻어낸 첫 정보였다.

성수동과 공장 이름, 이 두 가지만 알고 무작정 성수동을 찾아갔다. 요즘처럼 스마트폰으로 검색하는 것은 상상도 할 수 없었던 시절이였고, 아무것도 모르던 신출내기였기에 그곳은 마치 미로와도 같았다.
흐릿한 주소에 보이지도 않는 글씨를 이리저리 조합해보고, 근처 부동산에 물어보면서 그 지역을 몇 시간이고 헤맸다. 그렇게 길을 찾던 중 '혹시 이곳인가?' 하는 건물이 눈에 들어왔다. 부리나케 뛰어 들어가 건물 내부를 살폈는데, 그 곳은 내가 오랫동안 찾던 바로 그 공장이었다. 그때는 정말 감격의 눈물이 당장이라도 흘러내릴 것 같았다.

그렇게 될 일은 결국 그렇게 된다

"구두를 만들고 싶어요."

어렵사리 찾아낸 공장에 들어가 사장님께 드린 첫 마디였다. 그리고 단도직입적으로 제작에 관련된 이야기를 시작했다.

나중에 들은 얘기로는 사장님께서 처음 나를 보았을 때 새로운 거래처를 찾아온 디자이너라고 생각했다고 한다. 하지만 이야기를 하다 보니 내가 구두 제작에 대해 전혀 모르고 있어서 깜짝 놀랐단다. 성품 좋았던 사장님은 구두에 대해 문외한인 나를 깔보거나 무시하지 않고 구두 제작에 대한 전반적인 과정을 차근차근 알려 주었다. 매일 아침부터 밤까지 공장을 들락거리며 패턴, 재단을 비롯해 갑피, 저부 등 구두 제작 과정을 옆에서 보고 배웠다. 귀찮을 정도로 옆에 딱 붙어서 꼬치꼬치 캐물었지만 공장 선생님들은 웃으면서 잘 가르쳐 주었다.

그러다가 경력이 오래된 구두 디자이너가 강의한다는 소문을 듣고 수업을 듣게 되었다. 구두의 구조, 가죽이나 소재에 관한 이야기, 제작 과정 등 의상 디자인과는 또 다른 구두 디자인을 공부할 수 있었다.

▶ 우여곡절 끝에 찾아간 공장은 상상과 달리 복잡하고 열악한 환경이었다. 하지만 구두를 만든다는 생각에 신이나 매일 아침부터 밤까지 찰싹 붙어 배웠다.
현장에서 배운 것은 무엇과도 바꿀 수 없는 중요한 경험이다.

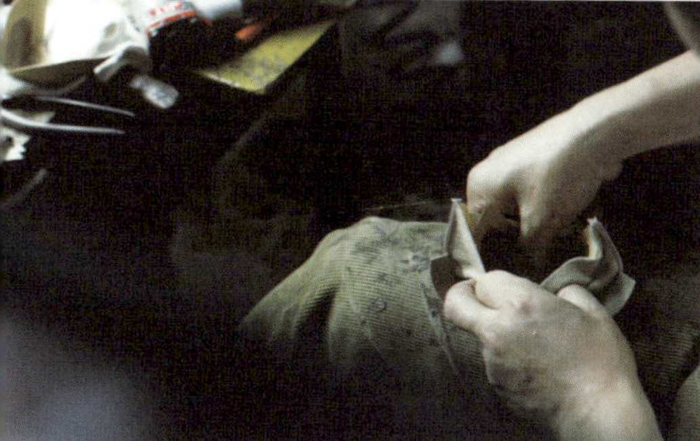

돌이켜보면, 구두 디자이너를 생각하고, 갈망하고, 시작하게 된 이 일련의 과정들은 구두에 미쳐서 시작하게 되었다고밖에 설명이 되지 않을 정도로 모두 놀랍고 신기하다. 공장을 찾겠다고 매달린 것이며, 무작정 공장에 들어가 구두를 만들겠다고 이야기한 것이며, 사업에 대해 욕심이 없던 내가 갑자기 사업을 하겠다고 한 것이며, 어디에 그런 배짱과 열정이 숨어 있었나 싶다.

인디언 속담 중 '그렇게 될 일은 결국 그렇게 된다.'라는 말이 있다.
내가 구두 디자이너가 된 것도 어쩌면 그렇게 될 일은 아니었을까?
패션 디자이너를 꿈꾸던 어린 시절부터 의상 디자이너를 포기하던 그 순간까지
결국, 이 길로 오기 위해서 그렇게 달려왔던 것은 아닐까?

실패한
첫
구두 디자인

머릿속에 있던 디자인이 구두가 되어 나오는 과정은 이렇다.

'세련되고 시크한 펌프스를 만들어 보자.'

'여성스러움이 뚝뚝 묻어나는 사랑스러운 리본 구두를 디자인 해야지.'

'가볍게 신을 수 있으면서 정장에도 어울릴 수 있는 플랫슈즈는 어떨까?'

이런 생각들을 바탕으로 디자인을 결정한다. 샘플 작업 지시서를 펼치고 그림을 그린다. 라스트^{구두를 만드는 발 모형의 틀}를 결정하고, 가죽 스와치들을 하나하나 열심히 보며 고른다. 굽 모양과 바닥 창, 까래^{발바닥이 닿는 라벨이 있는 신발 안쪽 부분}까지 결정한다. 샘플 지시서를 공장에 넘기면, 내가 그린 그림을 바탕으로 패턴 담당자가 패턴을 만들고, 재단, 봉제, 갑피, 저부 등의 공정을 거쳐 약 일주일이 지나면 샘플이 나온다.

이쯤에서 솔직히 고백하자면, 맨 처음 디자인한 구두가 샘플이 되어 나왔을 때 쥐구멍에라도 숨고 싶을 정도로 부끄러웠다. 빛깔이 오묘한 초록색 가죽을 샌들에 매치했는데, 고르고 골랐던 예쁜 가죽은 구두의 모양과 어울리지 않았고, 가죽이 지닌 독특한 주름도 살지 않았다. 게다가 심혈을 기울여 골랐던 굽 모양도 이상했다. 우아한 펌프스에 매치하면 멋지고 세련된 굽도 샌들에는 어울리지 않았던 것이다. 아무리 예쁘고 멋지고 비싼 가죽이라고 해도 전체 디자인에 잘 어우러져야 한다는 것을 배울 수 있었다.

나의 아가들,
빛을 보다

처음으로 디자인한 구두들이 신발장에 한 줄로 나란히 세워졌다.

머릿속에서 상상하던 그림이 실제 구두가 되어 나온 모습은 감격스럽고 경이롭다.

가수 서인영 씨가 자신의 구두를 '내 아가들'이라고 표현한 적이 있는데 그 말에

200% 공감하는 순간이다. 새로운 디자인을 위해 창작하는 시간과 정신적 고통을 생

각하면 구두 한 켤레 한 켤레가 모두 나의 소중한 '아가들'이다.

 1.특수 합성소재의 글렌디아 2.원단소재의 힐다레오파드 3.메시소재의 아이다 4.새틴 패브릭소재의 피오렛

몇 번의 실패를 거쳐 디자이너로 경력이 쌓이기 시작하니, 이제는 어떤 가죽을 어떤 모양으로 디자인하면 멋지게 보이는지 가늠할 수 있다. 물론 아직도 생각만큼 예쁘지 않은 경우도 있고, 생각보다 더 멋진 느낌이 나오는 구두도 있다.

하나의 구두가 완성되기까지, 구두 디자이너는 고상하게 앉아서 그림만 그리는 것이 아니다. 전국의 모든 가죽집을 돌아다니며 예쁘고 멋진 가죽을 찾아내고, 가죽 장식, 굽, 바닥창 등 디자인에 어울릴만한 것을 샅샅이 찾아야 하는 것도 디자이너의 업무다.

처음 경험해보는 가죽, 장식, 부자재를 보는 것은 새로운 미지의 세계를 경험하는 것처럼 새롭고 즐거웠다. 처음 가죽을 보았을 때, 뱀 모양 그대로인 가죽에 기겁을 하기도 했고, 엄청나게 커다란 소가죽을 보면서 '아, 정말 소의 가죽을 쓰는구나.' 하는 바보 같은 생각을 하기도 했다.

가죽을 스와치하는 것도 큰 즐거움이었다. '오늘은 또 어떤 예쁜 물건을 찾게 될까?' 초등학생이 소풍 갈 때처럼 들뜨고 즐거운 마음으로 매일 시장에 나갔다.

지금도 디자인이 떠오르지 않아 어려움을 겪을 때면 성수동이나 동대문 시장엘 가곤 하는데 그때의 활력 넘쳤던 기분이 새록새록 떠올라 기운을 얻게 된다. 하지만 이제는 몇 군데만 들러도 힘에 부치니……, 그때와 달라진 것이 있다면 아마도 체력뿐인 것 같다.

사업을
시작하다

단지 구두를 좋아한다는 이유로, 구두에 대해 아무것도 몰랐던 내가 드디어 구두 디자이너로의 첫발을 시작하게 되었다.

그리고 운명 같은 만남으로 인해 구두 디자이너만이 아니라 사업까지 시작하게 되었다. 인생을 변화시킨 일은 그렇게 순식간에 시작되었다.

그·럴·수·없·다?
그·럴·수·있·다?

처음에는 온라인 쇼핑몰을 만들어 내가 좋아하고 예쁘다고 생각하는 구두와 내 취향에 맞는 구두를 판매했다. 내 구두를 좋아하는 사람들에게만 팔면 된다는 소신을 가지고 시작했다. 팔리지 않는 것에 대한 걱정이나 두려움도 거의 없었다.

그러던 어느 날, 인터넷에서 유명했던 파워 블로거가 구두를 여러 켤레 주문했다. 그
중에는 블랙 컬러의 페이턴트 부티 ^{발등까지 올라오는 구두}가 있었는데, 그녀의 미니홈피에
올라간 이 구두의 인기는 폭발적이었고, 그 인기에 힘입어 판매량은 기하급수적으로
늘어났다. 그 속도가 더 이상 내가 감당할 수 있을 정도가 아니어서 사업의 규모도
덩달아 커졌다.

"빨간색 오픈 토 구두는 없나요?"
"이 구두 검은색으로 주문하고 싶은데요."
"리본 있는 구두는 주문할 수 없나요?"

고객이 많아지고, 판매량도 늘어나니 이제는 더 이상 내가 좋아하는 스타일로만 디자인할 수 없다는 것을 깨달았다. 내가 디자인한 구두 스타일이 마음에 들어 쇼핑몰을 찾는 고객들이지만, 이전에 보여줬던 소량의 디자인이 아닌 더 많은 디자인을 원했다.

이후로도 온라인 숍의 회원은 매일 몇십 배로 늘어났고, 그 때 가입한 고객은 대부분 7년여의 시간을 함께한 단골고객들이었다. 그중에는 디자인뿐만 아니라 회사 운영에 대해 자신의 의견을 적극적으로 알려 친구처럼 지내게 된 고객도 있고, 든든한 후원자처럼 존재를 알리지 않고 구두만 구매하는 고객도 있다. 신기한 것은 이들이 다소 대중적이지 않고, 내 취향이 고스란히 반영된 디자인을 더 선호하는 점이다. 오랫동안 긴 시간을 함께 해온 단골고객들이 있다는 것은 사업적인 면에서도, 인간적인 면에서도 너무나 큰 힘이 되는 일이다.

1.리본 디테일이 여성스럽고 우아한 느낌을 주는 램스킨 힐 2.곡선의 우아한 느낌을 살린 오픈 토 하이힐 3.가죽의 느낌을 살리고 굽을 낮추었지만 편하게 신을 수 있는 오픈 토 힐 4.겹겹의 리본에 레드 크리스털로 포인트를 준 샌들

호젓한 골목에 둥지를 틀다

지금 매장의 자리는 원래 액세서리 매장이 있었다. 작고 아담한 그곳이 마음에 들어 무작정 들어가 인사를 하고 매장 디자이너와 친하게 지내게 되었다. 그런데 몇 달이 지나고 그 매장을 정리한다는 소식을 듣게 되었을 때 갑자기 가슴이 뛰었다. 직영 매장을 가지고 싶다는 생각이 없었던 것은 아니지만, 당시에는 매장을 열 수 있는 상황은 아니었다. 불규칙한 매출 탓도 있었지만, 매장에 들어가는 고정 비용이 만만치 않을 것임을 잘 알고 있었기 때문이다.

고민되는 부분은 한 가지 더 있었다. 바로 위치였다. 주택가의 조용한 동네, 청담동이라는 특수성이 있다고 해도 액세서리 매장이 있었는지도 모를 정도로 사람들의 눈에 띄지 않는 곳이었다. 왜 그런 곳에 매장을 내느냐며 말리는 사람은 있었지만, 잘 생각했다고 칭찬해 주는 사람은 없었다. 그렇지만 그곳을 놓치면 후회할 것 같다는 느낌이 들었다.

나는 사람이나 장소, 일에 있어서 어떤 '기운'을 믿는 편이다. 보면 볼수록 이곳의 기운이 나와 내 브랜드에 잘 맞는다고 확신하게 되었다. 하나에 꽂히면 꼭 해봐야 직성이 풀리는 내 성격은 이때도 발동했다. 구두 매장과는 다소 어울리지 않을 수 있는 그곳에 나는 1호 매장을 내기로 결심했다.

1호 매장을 오픈한지 6년이 된 지금, 결과적으로 나의 예상은 적중했다. 처음 오픈했을 때부터 지금까지 청담점은 본점의 역할을 충실히 하고 있다. 아담하고 수수한 분위기, 결코 화려하지도 요란하지도 않은 딱 우리 브랜드에 어울리는 매장의 모습이다. 이곳을 통해 많은 사람들이 마음에 드는 구두를 고르고, 웃으며 매장을 나섰으며, 얼굴을 붉히거나 컴플레인을 걸었던 고객이 거의 없었을 정도로 문제없었다.

기분 좋게 구두를 구매하고 가는 손님을 보는 일은 기운 나고 힘이 되는 일이다.
기분 좋게 구두를 사고, 또각또각 경쾌한 소리를 내며 매장을 나서는 고객의 뒷모습, 그 모습에서 손님이 단순히 쇼핑을 했다는 즐거움뿐만 아니라 행복을 담아간다는 것을 느낄 수 있었기 때문에.

정면
돌파

수제화가 호황기에 있었을 때는 성수동에만 400여 개의 구두 공장이 운영되었다.
그러나 IMF 직후 100여 개까지 축소가 되었고 이후 다시 경기가 살아나 200여 개로
늘어났지만, 아직도 구두 공장은 작고 열악한 곳이 많다.

"큰일 났어요. 주문한 구두가 안 나오고 있어요."
호사다마라고 했던가. 꽤 순조로웠던 운영 초기에 공장과 문제가 발생했다. 공장이
자금난에 부딪쳐 운영이 어렵게 된 것이다. 거래하는 공장에 문제가 생기자 진행하

고 있는 신상품이 늦어지는 것은 물론이고 주문한 구두까지도 나오지 않았다. 다른 공장에서 생산하는 것은 시간상으로 무리였다.

"앞으로 만들 제품에 대해서 미리 결제하지 않으면 지금 요청받은 구두도 만들지 않겠대요."

나는 당황할 수밖에 없었다. 신제품 출시를 조금 늦춘다고 해도 주문이 들어간 구두들은 늦으면 큰일이었다. 물론 사정을 모르는 바는 아니고 얼마나 돈이 급하고 힘들면 그랬겠나 싶으면서도, 구두를 볼모로 터무니없는 '인질극'을 벌이는 것을 보니 화도 났고, 고객과의 약속을 지키지 못할 수도 있다는 불안한 마음이 최고조에 달했다.

"이런 식으로 말도 안 되는 흥정을 할 거면 차라리 그만두세요. 여태까지 만든 구두의 결제금액은 받을 생각도 하지 마시고요!"

당장 공장으로 찾아가 고래고래 소리를 질렀다. 생각지도 못한 나의 대응에 공장도 이내 잘못을 인정하며 미안하다고 사과를 했고, 서둘러 주문한 구두를 제작할 테니 될 수 있으면 결제를 빨리 부탁한다며 이해를 구했다.

공장과 파트너 관계로 협업하고 있지만 가끔 터무니없는 조건을 요구해 올 때가 있다. 이럴 때 울며 겨자 먹기로 요구조건을 들어주다 보면 더 심한 상황에 부닥치기 때문에 처음부터 확실하고 강력하게 시시비비를 가리는 것이 좋다.
당시 정면돌파를 생각한 것은 어쩔 수 없는 선택이었지만, 어떻게 내게 그런 용기가 있었을까 싶기도 하다. 이럴 때 보면 나도 다혈질의 어쩔 수 없는 사업가 체질인 것 같다. 운영 초기의 이 아찔한 경험은 나에게 많은 것을 가르쳐 주었다. 이후 결국 다른 공장과 파트너가 되었지만, 여전히 완급을 조절하며 좋은 관계를 맺기 위해 노력하고 있다.

어느 연예인과의 인연

"오지 마세요."라고 말하는 듯한 직원의 손짓에 매장으로 향하던 발걸음을 멈췄다. 매장 안에는 한 고객이 구두를 보는 중이었고, 비좁을까 봐 오지 말라는 것인가 싶어 좀 더 멀리 가 있었다. 그런데 자세히 보니 얼른 오라는 손짓이었다.
구두를 보고 있던 여성은 수수한 차림이었지만 얼굴에서 빛이 날 정도로 아름다웠다.

그녀는 구두에 관심이 많았다. 나의 설명을 듣고 적극적으로 디자인에 대한 본인의 의견을 이야기했다. "이 구두는 느낌이 너무 좋아요" "이 디자인은 이런 컬러도 예쁠 것 같아요." "어머, 엄마와 딸이 같은 디자인을 신을 수도 있다니 너무 좋은데요?" 가죽을 직접 선택할 수 있다는 말에 기뻐했고, 마음에 드는 구두 디자인을 의뢰하고 돌아섰다.
그러던 어느 날, 그녀는 딸의 구두를 주문하고 싶다며 다시 찾아왔다.
"저는 이 구두를 신고 싶은데, 딸과 같은 디자인으로 신을 수 있나요?"
그녀는 리본을 묶는 여성스러운 디자인의 하이힐을 주문했고 같은 콘셉트로 딸의 플랫슈즈를 선택했다. 같은 듯 다른 멋진 커플 슈즈가 디자인되었다.

두 번째 방 : GROWTH   구두 디자이너의 시작

위치의 특성상 우리 매장에는 연예인들이 많이 들르는 편이다. 그중에는 아주 유명한 배우나 가수도 있고, 얼굴이 많이 알려지지 않은 연예인도 있는데, TV나 다른 매체를 통해 볼 때와 실제의 이미지가 아주 달랐던 사람도 많았다. TV에서는 부드러웠지만 예민하고 날 선 성격이었던, 매너 없는 이도 있었다. 아주 가끔이지만 구두를 무상 제공해달라고 요청하는 경우도 있어서 난감하고 민망했던 적도 있었다.

그러나 그녀는 달랐다. 여러 차례 매장을 찾았지만 한 번도 경우에 어긋나는 이야기를 한 적이 없었다. 늘 예의 바르고, 세련된 매너로 사람을 대하는 모습에서 인간적인 매력이 넘쳐흘렀다. 왜 그렇게 오랫동안 여배우로 사랑을 받는지 이해가 되었다. 이후 그녀가 선택했던 구두가 드라마에 계속 등장했고 그 구두를 찾아서 우리 매장을 찾는 고객이 많아졌다. 구두의 이름이 따로 있었지만, 그녀의 이름을 딴 구두로 유명해지기도 했다. 덕분에 너무 많은 사랑을 받았고, 아직도 많이 찾는 디자인 중 하나가 되었다.

멋지고 세련된 그녀, 매력 넘치는 그녀. 최고의 여배우,
그녀의 이름은
김남주다.

아름다운 신부는
왜 구두에
신경 쓰지 않을까?

"신부 입장!"

정갈하게 빗어 올린 머리 위의 순결하고 엄숙한 베일. 장밋빛으로 상기된 얼굴에는 곱디고운 메이크업. 레이스로 수놓은 눈부시게 아름다운 웨딩드레스. 어디를 봐도 흠잡을 곳 하나 없다. 귀에 익은 결혼행진곡이 울리고 신부는 한발 한발 드레스 앞자락을 들고 사뿐히 걸어 나온다.

그런데 그녀의 발에 시선이 머문 순간 나는 눈을 의심할 수밖에 없었다. 머리부터 드레스 끝자락까지 최고로 아름다워 보이기 위해 어느 것 하나 신경 쓰지 않은 곳이 없는 신부가 왜 저런 구두를 신었을까? 일명 '계단구두'로 불리는 하얗고 투박한 구두. 웨딩드레스 숍에서나 잠깐 신을 법한 구두를 신었던 것이다.

웨딩슈즈를 론칭하게 된 것은 이런 신부들을 너무 많이 보았기 때문이다. 외국 영화
나 드라마, 잡지를 보면 절대 그런 구두는 볼 수 없다. 생각해 보면 당연한 일이다. 옷
은 예쁘게 갖춰 입고 구두는 대충 신은 모습이니 말이다. 미니 드레스라면 상상도 할
수 없는 일이 아닐까?

틈새시장을 발견하다

웨딩슈즈를 론칭했을 때, 기자들은 반색을 표하며 반가워했다. 화보에 필요한 구두를 구하기 어려웠던 것이 이유였다. 그러나 일반 사람들의 반응은 의외였다.

"웨딩슈즈가 무엇인가요?"

"왜 웨딩슈즈를 신어야 하죠?"

"드레스 때문에 웨딩슈즈가 보이긴 하나요?"

많은 사람이 이런 질문을 했고, 나는 여배우를 예로 들어 설명했다.

"아름다운 롱드레스를 입은 여배우가 레드카펫 위에서 발걸음을 옮기고 있다고 상상해 보세요. 걸음을 걷는 드레스 자락으로 구두가 살짝 보이는데, 구두가 슬리퍼라면, 혹은 드레스와 전혀 어울리지 않는 구두라면 어떨까요?"

언젠가 결혼과 관련된 영화의 제작발표회 사진을 본 적이 있다. 영화 내용 때문인지 여배우가 웨딩드레스를 입고 등장했는데, 긴 드레스 자락을 양손으로 잡고 걸어가는 그녀의 발에는 하얀 계단 구두가 신겨져 있었다. 아무리 웨딩슈즈가 알려지지 않았다고 해도, 여배우가 그런 구두를 신은 것은 충격이었다.

그날 이후

웨딩슈즈를 신어야 하는 이유에 대해 글을 쓰고, 사람들에게 설명하기 시작했다.

보이지 않는 곳까지 신경을 쓰는 것이 여자이고 그래야만 한다고.

그리고 점점 많은 이들이 공감해 주었다.

다행스럽고 고마운 일이었다.

이후 웨딩 잡지인 〈더 웨딩〉에서 슈즈를 주인공으로 한 웨딩화보를 찍게 되었다. 웨딩슈즈를 알리기 위해 고군분투하던 나로서는 즐거운 제안이었고, 직접 화보의 기획자가 되어 준비하게 되었다.

첫 화보의 테마는 '설렘'이었다. 결혼을 앞둔 신부가 슈즈를 고르는 설렘, 결혼을 준비하는 설렘을 구두로 보여주는 화보였다. 첫 화보가 공개되고, 고객들은 물론 웨딩업계의 반응은 뜨거웠다. 웨딩 슈즈가 주인공인 화보는 처음이었기 때문이다. 웨딩드레스 업체들은 다양한 고객 스타일에 맞춰 준비할 수 있는 슈즈 브랜드가 있다는것에 반가워했다.

실제로 잡지에 화보가 실린 뒤 웨딩드레스 숍과 웨딩 촬영 스튜디오에서도 연락이많이 왔다. 또한 웨딩 촬영 시 구두가 노출되는 장면도 많아졌다.

두 번째 화보에서는 '프러포즈'를 테마로 기획하였다. 남자가 웨딩슈즈를 골라 프러포즈를 하고, 여자에게 구두를 신겨주고, 남자와 여자의 구두가 함께 버진 로드를 걸으며 결혼을 하게 된다는 것이 줄거리였다.

파란 컬러의 슈즈를 메인으로, 고객들에게 많이 추천했던 컬러 슈즈들을 선보였다. 두 번째 화보 역시 반응이 너무 좋았다. 화보를 보고 구두로 프러포즈를 받고 싶다는여성들이 많아졌고, 남성들에게도 문의 전화가 빗발칠 정도였으니까.

평생 기억하고
간직할 웨딩슈즈

나는 웨딩슈즈를 대여하지 않는다는 원칙이 있다. 돈을 지불하고라도 대여하고 싶다는 고객들이 있었지만, 한 번도 유상 대여를 허락해 본 적이 없다. 이것은 웨딩슈즈에 대한 철학과도 관련이 있다. 내 철학은 일회성 슈즈가 아니라 평생 기억하고 간직할 웨딩슈즈를 만드는 것이다. 웨딩슈즈의 가치와 필요성을 알고 있는 신부를 위해, 그 특별하고 소중한 추억의 하나로 평생 간직할 수 있는 웨딩슈즈를 만들고 싶었다. 웨딩슈즈에 새틴이나 실크 같은 패브릭 소재를 쓰는 것도 그런 이유다. 특히 패브릭 소재는 우아하고 고급스러운 느낌이 드는데, 시간이 지날수록 오래된 옷감처럼 자연스럽게 색이 바래고 낡아지는 모습이 마치 부부가 함께 나이 들어가는 것 같이 느껴진다.

진심은 통하는 것일까? 이제는 나의 의도를 이해해주는 고객들이 많아졌다. 결혼식 때 신은 웨딩슈즈를 간직하고 있다면서 엽서와 함께 사진을 찍어 보내준 고객도 있었다. 그 마음이 고마워 아직도 사진을 내가 따로 간직하고 있다.

웨딩슈즈를 알리려 할 때는 그렇게 어렵더니, 이제 어느새 대중화가 되었고, 웨딩슈즈 1세대로 인정을 받게 되어 뿌듯하고 감격스럽다. 하지만 그보다도 기쁜 것은 당연히 웨딩슈즈를 신어야 한다는 분위기가 만들어졌다는 것이다.

나는 지금도 결혼을 앞둔 신부를 만나면 꼭 이 말을 한마디 해준다.

"머리부터 발끝까지 스타일을 잃지 말자!"

"보이지 않는다고 대충 해버리는 우를 범하지 말자!"

여자를 행복하게 하는 슈즈

"두근두근, 콩닥콩닥"

지난 12월 초, 어느 여배우의 결혼식이 있던 날. 트위터 타임라인에 한 줄의 글과 나의 웨딩슈즈를 신은 사진이 함께 올라왔다. 짧은 여덟 음절의 글이 그렇게 와 닿은 적이 있었던가. 그 글과 웨딩슈즈 사진으로 그녀가 얼마나 설레고 떨리는지, 그리고 얼마나 행복한지 알 수 있었다. 웨딩슈즈를 디자인하기 정말 잘했다고 생각되는 시간은 이런 순간이다.

행복으로 상기된 얼굴로 구두를 신으며 너무 예쁘다며 감탄사를 연발해주는 고객들을 보면 천금을 줘도 받을 수 없는 큰 위로와 힘을 얻는다. 내가 디자인한 구두를 좋아해 주고, 본인의 설레는 미래에 내가 디자인한 구두를 기꺼이 동참시키는 모습을 보면서 어떻게 기운을 얻지 않을 수 있겠는가. 기억에 남는 고객 중 웨딩슈즈 구매 고객이 유독 많은 것은 아마도 이런 이유일 것이다.

몇 달 전 조용조용 말하는 수수하고 우아한 느낌의 예비신부, 그리고 대화가 능숙하고 활달한 성격의 예비신랑과 이런저런 이야기를 나누게 되었다. 이 예비부부는 서로에게 의미 있는 결혼식을 위해 많은 것을 직접 준비하고 있었다. 그런데 놀랍게도 신부의어머니가 직접 레이스 뜨개질로 웨딩드레스를 준비하고 있다는 것이 아닌가.
"우와, 대단해요!"
나는 탄성을 질렀다. 수많은 신부를 만나보았지만, 신부 어머니가 직접 뜨개질로 웨딩드레스를 준비해주는 경우는 처음 보았다.

잠시 후 신부의 어머니가 도착하셨다. 어머니는 드레스가 예쁠지 걱정이라고 말씀하시면서도 즐겁고 행복한 미소를 지었다. 이렇게 가족이 함께 준비하는 결혼식은 정말 의미 있고 잊을 수 없는 결혼식이 될 것 같다는 생각이 들었다. 더 감동적인 것은 서로를 생각하는 그 마음이었다. 딸의 입장에서는 화려한 웨딩드레스에 욕심이 날 수도 있고, 엄마의 입장에서는 어렵고 힘든 일을 하고 있는 것일 수도 있다. 그럼에도 함께 만들어가는 의미 있는 결혼식을 위해 노력하는 모습이 오래도록 기억에 남을 정도로 감동적이었다. 그리고 그런 고객이 나의 구두를 선택했다는 것이 고맙고 행복했다.

예쁜 신부가 웨딩슈즈를 신고 한발 한발 걷는 모습이 머릿속으로 그려지면 나는 마치 내가 그 결혼식에 초대되어 신부의 걸음을 지켜보는 것처럼 떨리고 흥분된다.
누군가의 설렘에 동참하는 기분, 그것은 겪어보지 않으면 느낄 수 없다.
그리고 특별한 날을 나의 웨딩슈즈와 함께 해주는 것이 너무나 고맙다.

고정관념을 깬
그녀의
블루 웨딩슈즈

"웨딩슈즈 디자인을 상담하고 싶어요."

인기 가수이자 연기자인 서지영 씨의 웨딩슈즈를 상담한 적이 있는데, 그녀의 의뢰는 지금까지 웨딩슈즈 상담 중 가장 기억에 남고 특별했다. 보통 다른 신부들은 웨딩슈즈를 웨딩드레스의 부속품으로 의뢰하지만, 그녀는 웨딩슈즈를 하나의 당당한 아이템으로 보았던 것이다.

"지영 씨를 보는 순간 레드, 블루, 바이올렛 같은 강한 컬러의 슈즈가 떠올랐어요."
"저도 좋아요."
망설임 없는 그녀의 반응에 말을 먼저 꺼낸 내가 더 놀랐다.
"그러면 웨딩 촬영에는 컬러가 강한 슈즈를 신는 걸로 하고, 예식 당일에 신을 구두는 화이트 계열로 디자인해볼게요."
"아니에요, 강한 컬러로 해주세요. 너무 예쁠 것 같아요."
아직 웨딩슈즈에 보수적인 국내 현실을 고려해 화이트 컬러로 제작하기를 권한 내게 그녀는 아무 문제가 없다는 듯 웃으며 컬러 구두로 디자인해 달라고 했다.

사실 비비드 컬러의 슈즈는 내가 오래 전부터 선보였으며 '프러포즈 슈즈'라는 콘셉트로 화보를 찍기도 했다. 하지만 신부들의 반응은 그리 좋지 않았으며, 신부가 마음에 들어 해도 신랑이나 부모님이 만류하는 경우도 많았다. 화이트 드레스에 튀는 구두는 안 된다는 것이 공통적인 이유였다. 그러나 서지영 씨는 나에게 전적으로 디자인을 맡겨주고, 컬러 웨딩슈즈도 흔쾌히 허락했기에 작업 내내 재미있고 힘이 났다. 웨딩 촬영에 사용할 구두는 레드, 핫 핑크, 골드, 실버 등 다양한 색상을 사용했으며, 본식에 입을 웨딩슈즈는 결혼식장의 조명, 진열되는 꽃의 컬러 등 여러 가지를 생각하여 블루 컬러를 선택했다. 그녀의 웨딩드레스는 기존에 보았던 드레스와 달리 긴 팔에 단추가 앞쪽에 있는 단아하면서 우아한 디자인이었는데, 이 드레스 디자인에 맞춰 새틴 소재의 단추를 달아 구두의 뒤쪽에 포인트를 주었다. 진한 블루 컬러의 우아하고 세련된 구두가 완성되었다.

그녀의 결혼 이후 신부들의 인식은 많이 변했다. 이런 변화는 예상치 못한 것이었다. 웨딩슈즈를 상담할 때 '서지영 구두'를 찾으며 원색의 구두를 선택하는 신부들도 많아졌다. 가장 인기가 많은 컬러는 블루와 레드다. 하지만 아직도 함께 구두를 보러 온 신랑은 말리는 경우가 많지만 그럴 때마다 신부들은 당당하게 자신의 의견을 말한다. "연예인도 결혼식 때 신었는데 너무 예뻐. 나도 이걸로 할래!"

홍콩에서 온
메일 한 통

5년 전쯤, 장문의 이메일을 받았다.

'안녕하세요. 저는 홍콩에 사는 25살의 여자, 이름은 샤론입니다.'라는 한국말로 시작된 이메일의 첫머리를 읽었을 때만 해도 나는 그녀가 홍콩 사람이라는 것은 상상하지 못했다. 몇 줄의 인사말이 끝나고 영어 문장이 이어졌다. 그제야 나는 그녀가 홍콩인이고 한국을 너무 좋아해서 한글을 배우는 중이라는 것을 알았다.

그녀는 웹서핑을 통해 우연히 우리 브랜드를 알게 되었는데, 모든 슈즈에 이름이 있다는 것과 구두에 담긴 스토리가 있다는 점에 감동했다고 말했다.

나 역시 해외에서까지 나의 디자인 의도를 알아주는 사람이 있다는 것에 감동했다. 그렇게 홍콩에서 주문하여 해외배송으로 신을 만나던 샤론과 나의 인연은 그녀가 한국에 올 때마다 청담동 매장에 들르는 것으로 이어졌다.

나는 루비처럼 붉고 열정적인, 그러나 우아하고 사랑스러운 그녀를 위해 와인 컬러의 '샤론Sharon'이란 구두를 디자인했다. 와인 컬러의 사이드 오픈 펌프스에 뱀피 웨이브 디테일이 더해진 디자인으로, 그녀를 처음 보았을 때의 이미지를 그대로 담았다.

본인의 이름이 붙은 구두를 보고 감격한 샤론이 눈물까지 글썽거리며 감동적이라고 말할 때, 나 역시도 눈물이 핑 돌 정도로 기뻤다. 나로서는 그녀에게 영감을 받아 슈즈를 디자인하게 된 것이기에 오히려 고맙고 선물을 받은 기분이었다.

그런 그녀가 결혼소식을 알려왔다. 나는 오랜 친구이자 해외 단골 고객 1호이기도 한 그녀를 위해 웨딩슈즈를 디자인하게 되었다.

'160cm가 조금 넘는 보통의 키에 말랐지, 이번에는 조금 더 엣지 있는 이미지를 살려서 스트랩 샌들로 디자인 해보자.'

'피부가 흰 편이니 실버 컬러도 잘 어울릴 것 같아.'

'아, 이 동그란 장식은 샤론에게 너무 잘 어울릴 것 같은데?'

처음 봤던 그대로 사랑스럽고, 여성스러운, 그러면서도 발랄하고 열정적인 그녀를 위한 웨딩슈즈가 탄생했고, 나는 웨딩슈즈를 가지고 홍콩으로 날아갔다. 결혼식에서 샤론의 모습은 진심으로 눈이 부시게 아름다웠다. 그녀를 알게 된 것도, 그녀의 결혼식에 나의 웨딩슈즈가 함께 했다는 것도 행복할 만큼 고마운 일이었다.

샤론은 허니문에서 웨딩슈즈와 함께 찍은 사진과 카드를 보내왔고, 나에게는 잊을 수 없는 소중한 사람이 되었다. 물론 여전히 소중한 인연을 이어가고 있는 최초이자 최고의 해외 팬이다.

세계의 런웨이를 누비다

며칠 전, 암살라 코리아에서 웨딩쇼에 사용될 구두 협찬 제의가 들어왔다.

"암살라? 그 암살라 말이야?"

암살라 드레스에 내가 디자인한 구두가 함께 한다니……. 비명을 지를 정도로 기뻤기에 생각해 볼 것도 없이 흔쾌히 수락을 했다.

쇼 당일 날, 나는 회사 디자이너들과 함께 참석했다. 국내에서 쇼를 진행하는 구두 브랜드는 거의 없을 뿐더러, 구두 디자이너가 직접 쇼를 체험할 수 있는 것은 흔한 경험이 아니었기 때문이다. 이 모든 것이 귀중하고 대단한 경험이라며 디자이너들에게 이야기했지만 정작 가장 흥분한 건 나였다. 수십 벌의 암살라 드레스를 코앞에서 보고 만져 볼 수도 있다니, 두근거리기까지 했다.

행사에 쓰일 구두를 준비하는 일은 쉽지 않았다. 굉장히 촉박한 시간 내에 드레스 콘셉트에 맞고 모델의 큰 키에 맞는 구두를 찾아야 하는 일이었기에, 나와 디자이너들은 이미 쇼 전부터 분주한 준비로 녹초가 되어버렸다.

쇼 당일, 화려한 스포트라이트 아래에서 아름다운 모델이 우아하게 걷는 무대와 달

▶ 암살라 드레스를 너무 좋아했기에, 암살라 코리아에서 제의가 들어왔을 때 뛸 듯이 기뻤다. 백스테이지에서 드레스와 함께한 시간이 행복했을 정도였으니까. 암살라 드레스와 매치한 내 구두가 너무나 잘 어울렸을 때의 희열을 어떻게 말로 다 표현할까.

리 백스테이지는 미칠 듯이 분주했다. "2번 드레스! 구두 준비해 주세요!" "여기 구두가 맞지 않아요. 다른 사이즈로 신어 주세요." "모델 분, 이 구두로 갈아 신어 주세요!" 드레스와 어울리는 구두를 매치하는 것부터 시작해 모델의 사이즈에 맞춰 구두를 준비하고 나누어 줘야했다. 또 모델에 맞춘 구두가 제대로 맞지 않는 경우에는 서둘러 보정해 줘야했다.

마지막 쇼가 끝난 백스테이지는 한산했다. 모델들은 자리를 비웠고, 몇몇 스태프들만 바닥에 쓰러지듯 앉아 휴식을 취하고 있었다. 나는 마지막으로 한 번 더 드레스를 가까이서 만져보며 드레스 아래에 곱게 놓여 있는 구두를 바라보았다. 드레스와 구두가 너무 잘 어울리는 것 같았다.
'잘했다, 구두 디자이너가 되길 잘했어.'

암살라 코리아 론칭 쇼를 마치고, 해외 3대 브라이덜 쇼인 스페인 바르셀로나 브라이덜 위크에 아시아에서 최초로 진출하는 이승진 스포사에서 콜라보레이션 슈즈를 만들어 달라는 제안을 했다.
암살라 코리아 쇼에서는 한국인 모델이었지만 이번 쇼는 달랐다. 해외 모델을 위해 265~270mm에 달하는 사이즈에 구두 굽도 높아야 했다.

"이 디자인이 가장 우아하면서도 드레스와 잘 어울릴 것 같아요. 기본 라인은 이 구두로 통일하되 드레스에 맞춰 화이트, 실버, 골드로 컬러의 변화를 주는 게 좋겠어요."

"화이트 구두에는 드레스 분위기에 맞춰 크리스털이 전체 들어가게 하죠."

"실버 컬러는 장식이 없는 게 좋을 거 같아요."

"골드 컬러는 드레스와 동일한 소재로 만들면 좋을 것 같아요. 이 화려한 원석도 같이 매치해서요."

드레스 팀과 협업으로 며칠에 걸친 디자인 회의가 이어졌다. 구두 디자인이 결정된 후 신속하게 제작이 시작되었다. 사실 준비 시간은 촉박하지 않았지만, 오히려 다른 데서 문제가 발생했다. 바르셀로나 현지 모델들의 신발 사이즈를 확인하는데 엄청난 시간이 걸렸던 것이다. 출국 전까지 구두가 완성되지 못할 수도 있는 초조한 시간이었다.

"오늘까지 사이즈를 알려 주시지 않으면 구두가 나오지 못할 수도 있어요."

몇 번이나 재촉해서 겨우 회신을 받고 간신히 제시간에 맞춰 제작을 넘길 수 있었다. 그런데 이번에는 워낙 큰 사이즈 때문에 제작에 필요한 라스트, 철형 등을 모두 새롭게 준비해야 했다.

몇 차례의 우여곡절 끝에 겨우 만든 이십 켤레의 구두는 바르셀로나로 건너갔다. 스페인 바르셀로나 브라이덜 위크는 국내에서 크게 알려지지 않은 쇼였지만, 해외에서는 무척 유명한 쇼였기에 외국 잡지와 온라인 사이트에서 연일 특집 기사를 다뤘다. 해외 온라인 사이트에서 내가 디자인한 구두를 보게 되니 감회가 남달랐고, 내가 하고 있는 일이 이렇게 곳곳에서 반짝거리고 있다는 생각을 하니 행복한 기분에 날아갈 것 같았다. 그날 밤은 오랫동안 힘들게 해오던 일로 지친 마음이 보상을 받는 듯했다.

이후 크고 작은 드레스 쇼와 함께 했다. 함께 할 수 있어 영광인 브랜드들과 쇼에 서는 것은 감사한 일이다. 런웨이에서 반짝거리는 구두를 디자인하는 또 다른 도전이자 즐거움은 앞으로도 계속 될 것이다.

: 세 번째 방

PHILOSOPHY

당당한 여자가 신는 당당한 구두

자신의 가치를 알고 원하는 것이 무
엇인지를 아는 여자, 자기 인생의 주
체가 되어 당당하게 살아가는 여자.
중요한 것은 그녀가 '무엇'을 하느
냐가 아니라 '어떻게' 사느냐다.
나는 '여자'를 뮤즈로 당당한 아름
다움이 내재된 구두를 만들고 있다.

좋은 여자가
신는
좋은 구두

내가 생각하는 좋은 여자란 이렇다. 자신의 가치를 알고, 원하는 것이 무엇인지를 알고 있는, 자기 인생의 주체가 되어 당당하게 살아가는 여자. 그 여자는 고액의 연봉을 받는 커리어 우먼일 수도 있고, 아이들을 키우는 평범한 주부일 수도 있다. 백화점에 쇼핑을 나온 여자일 수도 있고, 서점에서 책을 보고 있는 여자일 수도 있고, 동네 슈퍼에서 흔히 볼 수 있는 옆집 여자일 수도 있다. 그 여자는 눈에 띄게 특별해 보일 수 있고, 평범해 보일 수도 있다. 중요한 것은 그녀가 '무엇'을 하느냐가 아니라 '어떻게' 사느냐이고, 그런 '여자'들을 뮤즈로 나는 구두를 만들고 있다.

그럼 좋은 구두란 무엇일까.
당당한 아름다움이 내재된 구두, 그것이 좋은 구두이다. 모양새는 다를 수 있다. 섹시한 하이힐일 수도, 수줍은 플랫슈즈일 수도, 매니시한 옥스퍼드일 수도, 단정한 로퍼일 수도 있다. 어떤 모양을 하고 있어도 그 안에는 자신을 사랑하는 여성만이 가질 수 있는 당당함이 들어 있어야 한다. 나는 내가 늘 주목하는 '좋은 여자'가 그 구두를 신고 온전히 자신의 분위기로 소화해 내기를 바라며 구두를 만든다.

〈악마는 프라다를 입는다〉에서 프라다가 '당당하고 세련된,
고급스러운 취향을 가진 여자'를 대변하는 것처럼
'좋은 여자'가 신는 '좋은 구두'란 결국,
'멋진 여자'가 신는 'SYNN'이다.
아, 이렇게 이야기하면 간단할 것을!

여자만의 특권

구두는 여자의 자존심이라는 말이 있다. 구두가 여자를 당당하게 만들기도 하고, 초라하게 만들기도 하는 신기한 힘을 가지고 있기 때문이다. 청바지에 티셔츠 차림에도 빨간색 하이힐 하나로 충분히 화려하고 섹시한 느낌을 낼 수 있는 것처럼 여자의 구두에는 여러 가지 힘이 있다.

일상이 지치거나 괴로울 때, 무언가 나를 힘들게 하는 일이 생길 때, 기분이 좋아지는 구두를 신어보라. 컬러풀한 구두도 좋고, 잔뜩 기합이 들어간 킬힐을 신어도 좋다. 무엇을 선택하든 그날의 기분은 구두에 따라 좌우될 수 있다.

구두 하나로 힘이 날 수 있다는 것.
그것은 여자만이 누릴 수 있는 특권이자 행복이 아닐까?

예쁘지만
불편한 구두는
필요 없다

'발이 편하려면 볼이 넓은 라스트를 사용해야 해. 하지만 볼이 넓은 라스트는 날렵하고 세련된 느낌을 살리기가 너무 어려워. 아, 굽도 높아야 하고 발도 편안해야 하는 슬픈 딜레마여……'

나는 겉과 속이 같은 구두를 만들기 위해 노력한다. 겉과 속이 같은 구두란 겉모습에 매료되어 구입했지만 막상 신었을 때 불편해서 실망을 주는 구두가 아니라, 겉모습은 물론 신었을 때의 느낌이나 기분까지 모두 만족시킬 수 있는 구두다. 편안한 착화감과 아름다운 디자인이 잘 어우러진 구두가 겉과 속이 같은 구두라는 이야기다.

디자인은 아름답지만 불편해 잘 신지 않게 되는 구두는 필요 없다. 디자인은 물론 신었을 때의 느낌이나 기분도 모두 만족시킬 수 있어야 한다.

나는 구두를 만들 때 좋은 가죽을 선택하고, 조금 더 편안하면서도 더 세련되어 보이는 라스트를 연구하고, 높은 굽에도 안정감과 균형을 놓치지 않도록 노력한다. 이 모든 과정은 때론 지치게 만들고 힘들기도 하다. 만들어 놓은 샘플을 수정하고 보완하는 과정을 무한 반복할 때도 있고, 잘 만들어 놓은 샘플을 엎어야 하는 경우도 자주 있다.

하지만 아무리 힘들더라도 제대로 잘 만들고 싶은 마음을 이길 수는 없다. 눈에 직접 보이진 않더라도 이러한 노력과 열정을 알아주는 사람들에게 '좋은 구두'를 선보이고 싶다는 욕심이자 소망이 있기 때문이다.

그래서 오늘도 나는 숙제를 한다. '좋은 구두'를 만들기 위한 노력, 즐거운 숙제다.

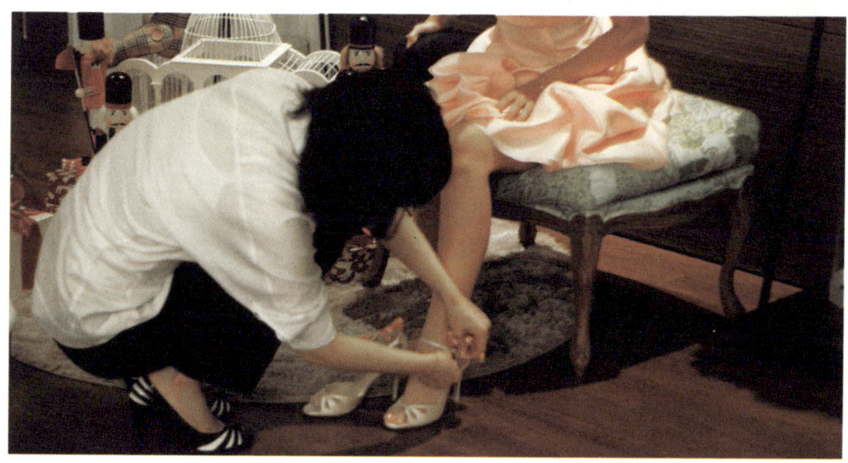

세 번째 방 : PHILOSOPHY   당당한 여자가 신는 당당한 구두

구두는
여자를
당당하게
만든다

나는 회사 대표로 만나는 자리에서는 신뢰감을 주되 디자이너다운 분위기를 함께 보여줄,
시크하면서도 포멀한 느낌을 주는 옥스퍼드 플랫이나 포인트 토의 키튼 힐을, 대기업 임원진을 만나는 경우 차분한 느낌의 펌프스를 의상과 매치한다.

어느 자리에서나 흐트러짐 없는 애티튜드를 가지려면 자신의 스타일에 당당해야 한다. 자리에 어울리는 차림이 당당함의 원천이 되는데, 내 경우에는 구두가 그 몫을 한다.
구두는 여자를 당당하게 만들어 준다.

내겐 너무
소중한
아이들

"이거 너무 예쁘다. 역시! 이럴 줄 알았어."

나란히 줄 맞춰 서 있는 샘플 구두를 보면서, 특히 눈길이 가는 구두가 있어 환호성
을 지른다. 오랫동안 일을 해온 디자이너 팀장은 그럴 줄 알았다는 눈빛으로 나를 보
며 빙긋 웃는다.

디자인하는 구두 하나하나 어떤 구두인들 예쁘지 않겠는가.

어떤 디자인은 라인이 예뻐서, 어떤 디자인은 가죽이 너무 멋있어서, 또 어떤 디자인
은 많은 사람에게 사랑받기 때문에.

이런 저런 이유로 내놓는 구두들이 모두 사랑스럽고 소중하다.

하지만 아무리 여러 디자인을 해야 하는 디자이너라도 개인적인 취향이 있는 탓에
특별히 좋아하는 스타일이 있기 마련이다.

기본은 결코
쉬운 것이
아니다

"아기자기하고 귀여운 소녀들을 별로 좋아하지 않나 봐요?"

이 말을 들었을 때 조금 뜨끔했었다. '어떻게 알았지?' 혹은 '들켰다.'와 같은 느낌?

다양한 스타일을 좋아하지만, 그 중에서 빼놓을 수 없는 것이 여성스럽고 우아함이

느껴지는 스타일이다. 솔직히 고백하자면 아주 사랑스럽거나 귀여운 느낌은 나와 어

울리지 않다고 생각해서 어렸을 때부터 즐기지 않았던 스타일이다. 그래서인지 그런

느낌이 배제된 디자인이 많다. 아무래도 디자이너 슈즈라는 것은 디자이너의 취향이

고스란히 들어갈 수밖에 없기 때문에 그럴 수밖에.

내가 좋아하는 구두 스타일은 기본 실루엣, 즉 라인이 살아있는 구두다. 힐까지 이어

지는 라인에 집착하기 때문에 시그니처 라인으로 선보이는 디자인에는 그런 것들이

많다. 라인에 집착을 하기 때문에 예쁜 라스트에 어울리지 않는 굽의 구두를 보면,

마치 어울리지 않는 옷을 입은 사람을 보는 것처럼 신경이 쓰인다.

이런 내 감성과 집착은 간혹 디자이너들이나 제작 공장의 선생님들을 어렵고 힘들

게 한다.

세 번째 방 : PHILOSOPHY   당당한 여자가 신는 당당한 구두

"그거 있잖아, 그거. 살짝 길게 빠지고, 늘씬하고 세련된 느낌! 조금 더 곡선으로. 우아하게! 그 느낌 알지?"

몇 년째 이런 모호하고 애매한, 느낌만 가득한 말에 익숙해진 디자이너들은 신기하게도 내가 원하는 감성의 라인을 만들어낸다. 남들은 단순히 심플하다고 말할 수 있지만, 그 라인이 나오게 하기까지 쏟는 시간과 노력을 안다면, '베이직'이라는 말이 괜히 '기본'이 아니며, 결코 '쉽다'는 뜻이 아니란 것을 알아줄 거다.

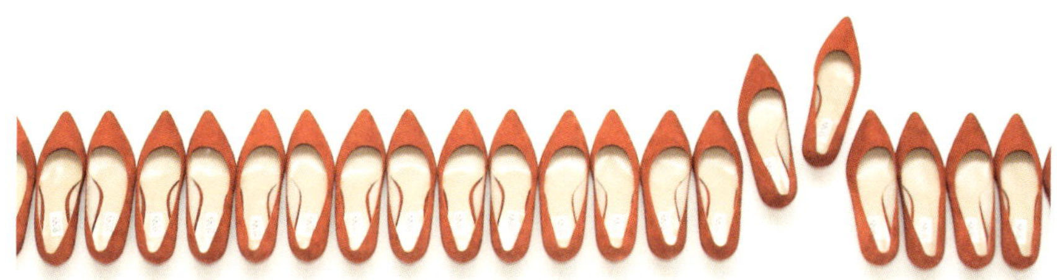

항상
성공할
수는 없다

'열 손가락 깨물어 안 아픈 손가락 없다.'라고 하지만, 특히 더 아픈 손가락과 조금 덜 아픈 손가락은 있지 않을까? 그것은 편애라거나 더 예쁘고 예쁘지 않고의 문제가 아니라, 신경이 쓰이는 것과 신경이 덜 쓰이는 것에 관한 문제다. 자식과 같은 구두들을 생각하는 내 마음이 그렇다.

인기가 많은 디자인은 인기가 많은 대로 뿌듯하고 예쁘지만, 많은 사랑을 받지 못한 디자인을 보면 마음이 아프기도 하고, 디자인에 실패해 빛도 보지 못하고 사라진 샘플들을 생각하면 안타까울 따름이다. 성공한 디자인도, 실패한 디자인도 하나의 구두 디자인으로 나오기까지 모두 똑같이 고민하고 기대하던 것들이기 때문이다.

초보 때 할 수 있는 실수들, 디자인이 예쁘지 않거나, 가죽 모양이 어울리는 않는 실수 말고도, 디자인이 실패하는 일은 계속 일어날 수 있다.
다만 경험이 쌓이고, 경력이 늘면서 아무래도 실수나 실패가 줄기는 한다.

구두 제작에 필요한 가죽은 해외에서 직접 수입하지 않고 보통 국내에 수입된 가죽을 구매한다. 해외에서 직접 수입하면 비용도 비용이지만, 반드시 최소 수량을 구매해야 한다. 그런데 말이 최소 수량이지 그 양은 엄청나다. 게다가 구두는 한 가지 가죽으로만 제작하는 것이 아니기 때문에 이래저래 직접 수입하는 것보다 수입된 가죽을 사용하는 것이 낫다.

그런데 국내 가죽이나 수입된 가죽과는 비교도 할 수 없이 큰 매력을 가진 가죽을 보고 무리하게 직접 수입을 결정한 적이 있다. 하지만 결과는 좋지 못했다. 일명 '바나나 모양'의 투박한 굽을 사용한 것도 판매 부진에 한 몫을 했다. 굽이 투박해 보이면 신었을 때 다리가 짧고 예뻐 보이지 않는다는 고정관념이 있어 선뜻 구매하는 사람이 많지 않았던 것이다.

아무튼 당시 가죽 수입 건으로 한참 동안 회계팀의 눈치를 보던 기억이 난다. 이후 가격이 높은 가죽을 사용할 때는 한 번 더 생각하게 되었지만 좋은 가죽에 대한 욕심은 아직도 버리지 못하고 있다.

세 번째 방 : PHILOSOPHY   당당한 여자가 신는 당당한 구두

실패한 디자인은 트라우마와 비슷하게 상처가 되어 마음 한편에 자리잡는다.

그래도 초보 시절일 때 될 수 있으면 실수도 많이 하고, 실패도 많이 해보는 것이 좋다. 의도하지 않은 실수와 실패가 실력을 더욱 성장하게 만든다. 또한 현장에서 배우는 것만큼 값지고 확실한 것은 없다.
물론 값이 너무 비쌀 경우에는 후회와 눈치를 감당해야 하지만 말이다.

소재와 디자인에 대한 편견을 버려라

"이야, 부티^{Bootie}가 정말 불티나게 팔리는구나!"

"역시 부티가 부티나는군."

개그 프로그램의 우스갯소리 같은 이 말은 몇 년 전 F/W 시즌에 우리 디자이너들 사이에서 자주 쓰던 말이다. 부티는 앵클부츠보다 낮고, 펌프스보다 높은 디자인으로, 발등을 덮는 구두를 말한다. 2000년대 중반에 선보인 구두인데, 성공한 디자인 중 제일 먼저 떠오르는 것이 바로 부티이다.

특별한 디자인은 아니었다. 옥스퍼드 스타일의 부티, 발등 부분이 고무 밴딩으로 디자인되어 발등을 타이트하게 감싸는 부티, 인기가 많았던 부티들의 특징은 모두 클래식하고 기본을 지킨 디자인이었다.

부티가 인기를 끌 수 있었던 이유는 적절한 시기에 디자인되어 나왔다는 것이다. 국내에서 부티가 대중화되기 한두 시즌 전에 선보여, 앞서가는 패션 아이템이 필요했던 고객의 욕구를 잘 충족시켰던 것이 아닌가 싶다. 인기 아이템의 공식인 '베이직과 타이밍'이 중요하다는 것을 피부로 느낄 수 있었던 디자인이다.

그 밖에 전체가 스웨이드 소재였던 포인
티드 토의 웨지힐과 트위드 소재로 만든
키튼 힐도 기억에 남는 디자인이다.

"이건 가죽이 뭐예요? 스웨이드네? 이건
신기가 너무 힘들어서……."
"이거 너무 예쁜데 세무라 좀 편하게 신
지 못하겠다."

개인적으로 스웨이드나 새틴 소재 같이
민감한 소재들을 아주 좋아한다. 그래서
디자인 초창기부터 많이 활용했는데, 디
자인이 예뻐도 스웨이드 소재라 부담스
러워 하는 경우가 많았다. 그런데 이 디
자인은 스웨이드 소재임에도 불구하고
다양한 컬러 매치 덕분에 사계절 내내
인기가 많았다.
트위드를 소재로 만든 구두도 가죽보다
때가 더 잘 타고, 금방 낡을 수 있기 때
문에 고객 입장에서는 많이 망설여지는
소재다. 하지만 트위드 소재로 만든 키

틈 힐은 승승장구한 디자인이다. 여성스럽고 우아한 느낌이 드는 트위드는 재킷이나 핸드백에도 인기가 많지만 신발로 만들어졌을 때도 멋진 느낌이 난다. 특히 블루와 블랙이 섞인 컬러는 고급스럽다.

디자인을 할 때 예측할 수 있는 것은 셀 수 없이 많다. 그렇지만 그 예상을 뛰어넘는 경우도 언제든지 얼마든지 일어날 수 있다.

그럴 때 느끼는 짜릿함은 너무나 즐겁고, 예상치 못한 반응은 새로운 영감이 되기도 한다.

도전하는 것,
그것은 성공하는 디자인의 첫 번째 열쇠다.

구두로 충분하다.
무슨 말이
필요할까?

"구두에서 포스가 느껴지는데요?"

그녀가 인사보다 먼저 내게 건넨 말은 온종일 우울했던 내 기분을 날려 보냈다. 내가 신은 구두가 마치 '나를 봐!'라고 말하는 것처럼 당당한 느낌을 내더란다. 그 날 내가 신은 것은 하얀색의 옥스퍼드 플랫슈즈였다. 멋을 잔뜩 부리지도, 기합이 바짝 오른 느낌을 주지도 않게, 그러나 신었을 때 대충 신은 것 같은 느낌이 들지 않도록 만든 디자인이다. 너무 격식을 차려야 하는 자리는 아니지만, 디자이너로서의 신뢰감을 주어야 할 때 즐겨 신는 디자인이다.

그녀의 짧은 말로 잔뜩 힘을 받은 그날 저녁, 드라마 〈아이두 아이두〉를 계기로 친해진 작가가 선물용 구두를 추천해달라고 했다. 드라마에 출연하는 배우에게 힘을 주고 싶어서, 내가 디자인한 구두를 선물하고 싶다는 것이었다.
"네가 디자인한 구두를 보면 네가 좋은 구두를 만들 거라는 믿음이 생겨. 어떤 생각으로 구두를 만들었는지 아니까. 너의 구두를 선물하면 그것이 상대를 기쁘게 해줄 거라고 믿게 되는 거지."
며칠간의 고민이 이날 만난 두 사람의 이야기로 싹 해소가 되었다.

구두로도 충분하다.
내가 굳이 길게 설명하지 않아도, 말이 아닌 디자인으로, 나를 그대로 이해해 주게 하니까.

유명 브랜드가
된다는 것

"유명해지기를 원하지 않아요. 모든 여자의 신발장에 제가 디자인한 신발이 들어 있기를 바라지도 않고요."

아무리 고매한 콘셉트를 지닌 브랜드라 할지라도 판매하지 못하면 살아남기 어려운 것이 당연한 이치며 순리다. 그러니 이런 말은 배부른 소리로 들릴 수밖에 없다.
그 정도도 생각하지 못할 정도로 무지한 것도 아니고, 판매량이 상관없을 정도로 여유롭거나 풍족한 것도 아니다. 내가 부족함 없이 자라 풍족한 집안을 배경으로 두고 "구두 디자이너나 되어 볼까?" 하는 가벼운 마음으로 시작한 부잣집 딸내미도 아닌 데다, 판매에 뒷짐을 지고 먼 산 구경하듯 할 수 없는 것이 나와 우리 회사의 현실이다. 그렇기에 구두를 팔지 못하면 운영이 어려워지고, 결국 브랜드를 닫아야 한다는 것쯤은 당연히 알고 있다. 많지 않은 직원이라고 해도, 내 어깨에 그들의 오늘과 생계가 걸려 있는 것을 어찌 잊을 수 있겠는가. 유명 브랜드로 성장하는 것은 마음 한 구석에 항상 안고 있어야 할 의무감이자 때론 짓눌리기도 하는 짐이다.

하지만 내 말은 진심이다. 내가 처음 구두디자이너가 되겠다고 마음먹던 그 순간부터, 그리고 브랜드를 론칭하던 그 순간부터, 내가 원한 것은 부티크 스타일의 브랜드를 만드는 것이었다.

어릴 적 엄마가 친구네 양장점에 놀러 가서 옷을 맞춰 입던 그곳, 고객 한 명 한 명에게 맞추어 옷을 만드는 그곳이 너무나 멋지고 좋았다. 그곳처럼 내 구두도 대량 생산이 아닌 오더 메이드로 하나씩 제작이 된다면 좋겠다고 생각했다. 구두를 맞추러 오는 사람들의 이야기를 들으며 그들에게 어울리는 구두를 추천하는 것. 그것은 그들과 소통하는 방법이기도 했다. 그 편이 화려하기보다 수수하더라도 깊고 내공이 있는 것을 좋아하는 내 취향과도 맞는 것 같다.

믿을 수
없는 일

아침에 눈을 뜨면서 생각한다.

오늘은 또 어떤 인연이 생길까?

좋은 인연으로 계속 될 수 있기를……

특정 브랜드의 팬을 자처하며 자신이 어떤 구두를 좋아하는지, 왜 좋아하는지를 줄줄이 나열하는 고객들을 보면서 나는 질투심에 가까운 부러움을 느끼곤 했다. 우리 브랜드에 그런 고객이 생기리라고는 생각하지 못했기 때문이었다.

'과연 구두가 내게 어떤 인연들을 가져다줄 수 있을까?' 이런 생각을 하는 것은 먼 꿈과도 같은 일이었고, 실감할 수도 없었다.

그런데 믿을 수 없는 먼 나라의 일이 일어나기 시작했다.

"주문한 구두가 드디어 도착했어요. 와! 기대 이상으로 너무 예뻐요!"

"저는 힐다^{구두 이름}가 너무 좋아서 컬러별로 가지고 있어요."

"어제 구두를 주문했는데, 또 예쁜 구두가 나왔네요. 저더러 어떻게 하라고 이렇게 예쁜 구두를 계속 만드는 거죠?"

너무나 감사하게도, 직접 고객에게 들었던 말이다. 이런 경우는 처음 사업을 시작할 때는 상상도 하지 못했던 일이다.

인연

"마니아 고객이 많은 것 같아요."

백화점이나 편집숍의 담당자와 바이어에게 자주 듣는 말이다. 자랑하고 다닌 것도 아닌데, 소문이란 것은 어디에서 나기 시작하는 걸까 싶어 신기하기만 하다. 하지만 팬이라고 하고, 마니아라고 해서 마냥 잘했다 예쁘다 칭찬만 해주는 것은 아니다. 브랜드를 운영한 지 어느덧 7년이 넘어가니 그동안 우리를 좋아하는 고객, 싫어하는 고객 모두를 만나보게 되었다.

처음에는 별생각이 없었는데 마음에 드는 구두를 하나씩 하나씩 사다 보니 점점 구두가 많아지고 그러다 보니 우리의 브랜드를 좋아하게 되었다거나, 신다 보니 편안해서 좋아하게 되었다는 고객도 있었다. 어떤 고객은 딸에게도 물려주고 싶다는 말을 해주기도 했고, 어떤 고객은 신어보니 너무 좋아서 주변 사람들에게 꼭 우리 제품을 선물한다고 눈물 나게 고마운 말씀을 전해주기도 했다.

대부분 우연히 인연을 맺게 되었다는 쪽이 많지만, 처음에는 악연(?)이었던 고객도 있었다. 한 고객은 샌들을 샀는데, 생각하던 것과 이미지가 다르다고 컴플레인을 걸었다. 주문할 때 주문 제작이라 환불이 안 된다고 설명했는데, 그런 경우가 어디 있냐고 며칠 동안 따져서 결국 환불을 받아갔다.

그대로 안 좋은 인연으로 끝나겠거니 싶었다. 그런데 며칠 후에 다시 또 주문을 하는 것이 아닌가. 사실 생각한 이미지와 다르다며 또 환불을 요구할까 봐 좀 무서웠다. 금액 면에서 볼 때 주문 제작하는 상품은 한 켤레가 환불이 되면 다른 구두 10켤레 정도를 판매해야 상쇄가 되기 때문이다. 그러나 그 후 고객은 지난번에는 미안했다고 사과를 하며, 이번 구두는 아주 마음에 든다고 칭찬을 해주었다. 이후 몇 년째 다른 문제 없이 자주 찾는 단골이 되었다.

어느새 몇 년 동안 좋은 인연으로 맺어진 고객들은 크고 작은 행사가 있으면 빠지지 않고 연락을 해온다. 매장을 오픈 했을 때, 갤러리를 오픈 했을 때, 전시회를 할 때나, 백화점 행사나 패밀리 세일 같은 때에도 일부러 찾아와서 용기를 북돋워 준다. 일부러 찾아와 주는 것만도 감사한데, 케이크나 꽃, 간식거리를 들고 들러주는 고객들에게는 눈물이 날 정도로 감동을 받는다. 무언가를 받아서가 아니라, 정말 친구를 만나듯 우리를 만나러 온 마음 때문이다. 선물이란 것이 얼마나 따뜻하고 고마운 것인지 신을 론칭하고서 마음 깊이 느낄 수 있었다.

내 디자인을 좋아해 주는 사람이 하루아침에 생기지 않았던 것처럼, 싫어하는 사람도 하루아침에 생긴 것은 아닐 것이다. 구두를 만들어 파는 일도 결국 사람이 사람을 상대하는 일이라, 늘 조심하고 신경도 써야 한다는 것을 느낀다.

서로에게
힘을 주는 사이

구두를 구매하는 고객은 아닌데 매일 매장에 들러 구두를 가져가고 가져다주는 사람들은 누구일까? 정답은 스타일리스트다. 패션지의 기자들, 연예인 스타일리스트, 잡지나 방송을 담당하는 스타일리스트들이 이곳을 자주 방문한다. 청담동의 특성상 근처에 스타일리스트 사무실이 밀집되어 있기 때문이다.

스타일리스트들은 내가 숍에서 만나는 사람들 중 가장 활기차고 열심히 사는 사람 중 하나다. 청담동 거리에서 커다란 보따리에 옷이며, 가방, 구두, 액세서리 등을 잔뜩 넣어 어깨에 들고 가는 사람을 보았다면 스타일리스트일 가능성이 높다. 매일같이 여러 가지 옷과 스타일링 할 것을 구하는 그들을 보면 때로 존경스러울 정도다. 특히 연예인 스타일리스트의 막내 디자이너들을 볼 때면 '어린 나이에 혹독하게 사회를 배우는구나.'라는 생각이 든다. 적은 월급, 긴 근무시간, 어려운 선배, 게다가 그보다 더 힘든 것은 본인이 무슨 일을 하는지도 모를 정도로 정신없이 몰아치는 일이 아닐까 싶다. 그래도 어쩌겠는가, 그렇게 하면서 일을 배우고 성장해 나가는 것을. 나 역시 그런 시절을 겪었기 때문에 그들을 이해할 수 있고, 또 그 고통을 알기에 그 시기가 당연히 겪어야 하고, 큰 도움이 된다는 것을 알 수 있었으니까.

"안녕하세요!"

낭랑한 목소리가 들려온다. 대학교 졸업반인데 운 좋게 취직을 했다고 하는 어린 스타일리스트가 몇 달 전부터 우리 매장에 출입하게 되었다. 작은 키에 총총거리며 뛰어다니는 모습이 참 부지런하게 보였다. 처음에는 뭐가 뭔지도 모르고 선배들이 시키는 것들만 하다가, 나중에는 본인이 '이 구두가 나을까? 저 구두가 나을까?' 고민하며 고르게 될 정도로 일이 익숙해지는 듯 했다.

처음 하는 일에 신이 난 그녀를 볼 때면 손녀를 귀엽게 쳐다보는 할머니라도 된 기분이 들어서 혼자 피식 웃음이 나올 때도 있었다.

어느 날 오후 매장에서 그녀와 마주쳤다. 오랫동안 준비하던 프로젝트가 있었는데, 무산될 수도 있는 상황이라 나도 힘이 빠지고 우울해하던 오후였다. 항상 밝고 통통 튀듯이 뛰어다니던 그녀도 평소 모습과 달리 기운이 쑥 빠진 모습이었다. 무슨 일이 있었냐고 물으니 갑자기 그녀의 눈에서 눈물이 툭 떨어졌다. 협찬받은 옷이 마음에 들지 않는다는 이유로 담당하는 연예인에게 혼이 나고, 새로 준비를 하러 나온 길이라고 했다. 나도 우울하던 차에 그녀를 위로해주고자 한마디 건넸다.

"막내로 일 배울 때가 제일 어렵지만, 그때 제대로 배우지 않으면 계속 일하기 힘들어요. 힘내세요."

아무리 내가 비슷한 시기를 겪었다고 한들 지금 그녀에게 큰 위로가 될 수 있을까, 나는 이야기하면서 속으로 조금 걱정하기도 했다. 하지만 그녀는 그런 걱정이 사라지게 방긋 웃었다.

"실장님께 그런 이야기를 들으니까 힘이 돼요. 실장님도 힘들었던 막내 시절을 버티고 지금 자리에 오르게 된 거죠? 저도 잘 버티면 실장님처럼 될 수 있을까요?"

사실은 내가 그녀에게 힘을 줄 정도로 멋져 보이는지 자신이 없었다. 하지만 내가 누군가에게 힘을 줄 수 있는 사람이 되었다는 것이 그렇게 고맙고 즐거울 수가 없었다. 그녀는 내게 고맙다고 인사를 했지만 오히려 고마운 것은 나였다.

요즘도 가끔씩 일 때문에 힘이 들 때는 눈이 반짝거리던 막내 스타일리스트가 떠오른다. 나를 통해 누군가가 힘을 낸다는 것, 그것은 내게도 가장 행복한 위로이며, 기쁘고 고마운 것이리라.

상처 되는 말
힘이 되는 말

가끔 주변의 평가나 이야기에 흔들릴 때가 있다.

하루는 우리 구두를 신으면서 너무 예쁘다고 기분 좋아하는 고객과 심드렁하게 따라온 친구의 대화를 옆에서 듣게 되었다.

"어때? 이거 너무 예쁘지 않아?"

"그냥 기본 구두지 뭐. 무난하네. 어디에서나 볼 수 있는 디자인 아니야?"

그녀의 입장에서 보면 틀린 말은 아니지만 그런 말이 상처가 되는 날이 있다.

어떤 고객은 내가 디자인 한 구두를 보고 어느 브랜드를 카피한 거라고 말한 적도 있다. 확신에 찬 말투로 이야기하는 그녀를 보고 순간 말문이 막혀서 대꾸해 줄 말이 떠오르지 않았다.

'그 구두와는 전혀 다른 느낌인데…….'

카피라는 것은 민감한 문제고, 기준이 모호하기 때문에 보는 사람이 어떻게 느끼느냐에 따라서 달라질 수 있다. 그래서 이 부분은 디자이너로서 항상 경계하고 조심해야 한다. 그렇지만 디자이너의 의도가 무시되고, 어느 한 부분이 확대 해석되어 카피로 생각되는 것에 대해서는 개인적으로 큰 상처가 된다.

그런가 하면 우울한 기분을 단번에 날려주는 말도 있다.

행사장에서 구두를 고르는 고객에게 "이 디자인은 라인에 특히 신경을 많이 써서

신었을 때 여성스럽고 예뻐 보인답니다."라고 말을 걸었더니 그 고객이
"알아요." 하며 방긋 웃는 것이 아닌가?
"저 이 구두 좋아해서 다른 컬러로 3개나 샀거든요. 이번에 나온 컬러가
예뻐서 고민 중이에요. 다른 디자인도 사고 싶지만, 이 디자인이 제 발에
잘 어울리는 것 같아서 자꾸만 사게 되네요."
야호, 이렇게 좋을 수가! 그녀는 나의 슬럼프를 날려주기 위해 잠시 내려
온 천사가 아닐까 하는 생각이 들 정도다.

나와 생각이 다른 사람은 얼마든지 있고,
반대로 나와 같은 생각을 하는 사람도 얼마든지 있다.
내 디자인을 알아주는 사람이 있다면 내가 하는 일이 의미 없는 것은 아
닐 것이다.
그런 생각을 하니 힘이 불끈 솟는다.
그래, 내 디자인을 좋아해 주는 사람들이 있다면 더 힘을 내서 구두를 만
들어보자.
내가 하고 싶은 일이니까.

구두 똑바로
만드세요!

"어떻게 이렇게 생각 없이 신발을 팔 수 있어요? 구두 똑바로 만드세요."

어느 날 구두를 구매한 고객이 화가 잔뜩 나서 전화를 걸었다. 9cm 높이의 구두를 주문했는데 10cm 굽으로 제작됐다는 이유였다. 자주 일어나지 않는 실수라 깜짝 놀랐다. 그리고 고객에게 사과하고 구두를 새로 제작해주기로 했다.

구두가 다시 돌아왔는데, 이럴 수가, 굽 높이는 아무리 재어보아도 9cm였다. 알고 보니 구두를 직각으로 두고 굽 높이를 재야 하는데, 굽 모양대로 비스듬히 세워서 높이를 쟀던 것이다. 다행히 사건은 싱겁게 해결이 되었지만, 주문 제작 상품에 문제가 생겼을까봐 마음을 졸였던 순간이었다.

구두의 바닥창과 굽이 붙는 부분의 이음새가 매끄럽지 않다는 이유로 화가 난 고객도 있었다. 수제화는 사람이 하는 작업이다 보니 아무래도 기계로 잘라내듯 매끄럽지 못한 부분이 있다. 따라서 허용 가능한 부분이라면 판매를 하지만 심할 경우 상품으로 내놓지 않는다. 하지만 이런 수제화의 특성을 차근차근 설명해도 그 고객은 그런 구두는 싫으니 다시 만들어 달라고 했다.

이런 문제는 디자인을 보고 바로 구매할 수 있는 것이 아니기 때문에 고객이 마음에 들지 않는다면 언제든 일어날 수 있고, 결국 그런 부분은 감수해야 한다. 손으로 직접 제작을 하는 것이기 때문에 아무리 신경을 써도 어쩔 수 없는 일이니까.

그들이 생각하는
디자이너의 하루

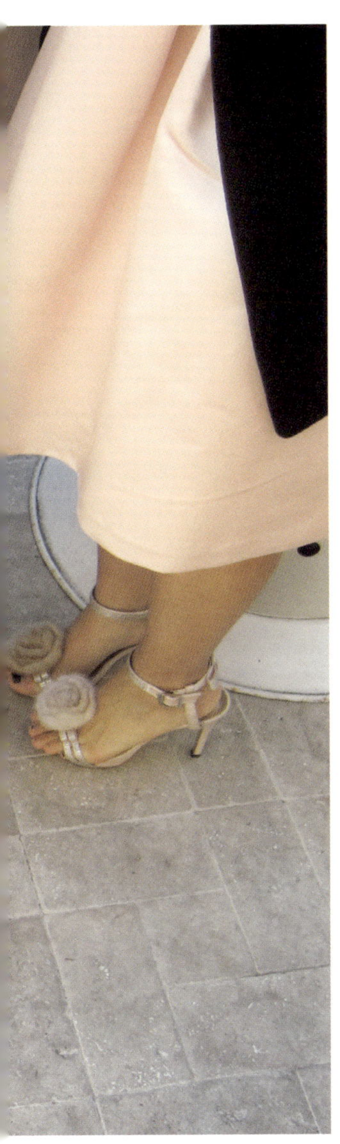

아침에 일어나 이른 아침 출근을 한다. 에스프레소를 한 잔 마시고, 책상에 앉아 멋지게 스케치를 한 후 많은 디자이너들과 웃으며 열정적으로 미팅을 한다. 그리고 오후에는 패션 쇼 리허설 현장에서 모델을 체크하고, 잡지 화보 촬영장으로 이동한다. 사진작가와 화보 촬영 콘셉트를 의논하고, 모델의 구두를 골라주고, 옷매무새를 만져준다. 저녁이 되면 낭창낭창한 시폰 원피스를 입고 멋진 하이힐을 골라 신고 파티에 참석한다. 손에는 컬러풀한 칵테일을 들고 사람들 사이에서 웃고 있는 얼굴이 클로즈업되며 cut.

디자이너라면 이런 멋진 하루를 보낼 것이라 생각될까?

실제로 많은 사람들이 나라면 이 정도까진 아니어도 비슷한 하루를 보내고 있을 거라 짐작한다. 화보 촬영 중이라거나, 브랜드 론칭 파티에 있다거나, 전시회 준비 중이라면 다들 '멋진 일을 하고 있군요.'라고 말하는 것은 아마도 이런 상상 때문에 나오는 것이리라.
그러나 상상과 현실의 간극은 왜 이리 심한 걸까?

08:00 청담동 사무실

똑같이 커피 한 잔으로 시작하는 아침. 마음은 여유가 없다. 여유 있는 아침이란 먼 나라 이야기다. 아침 일찍 청담동 사무실에서 팀장들과 다음 시즌 디자인 회의를 시작한다. "이건 라인은 좋은데 컬러가 별로야." "좀 더 선명한 느낌의 가죽은 없을까?" "지난번 말한 웨딩슈즈 샘플은 언제쯤 나오지? 아직도 안 나왔다고? 그게 아직도 안 나오면 어떡해. 지금 어디까지 진행되었는데?" "강 팀장, 저번에 올린 시안은 마음에 안 들어. 이게 이번 콘셉트와 맞는다고 생각해?" 쉴 새 없이 이야기가 쏟아져 나온다. 신경이 날카로워진 나를 보는 팀장들의 눈치가 예사롭지 않다. 그들이 힘이 빠지기 시작하면 회의는 길을 잃고 방황한다. 길어지던 회의는 결국 오늘 말한 문제들을 얼른 수정하고 다시 보고하라는 것으로 마무리.

12:00 한남동

웨딩잡지 편집장과 점심이 예정되어 있다.

"이번 달 말에 ○○호텔에서 진행하는 웨딩페어가 있어요. 호텔 측에서 소개해 달라고 하던데. 괜찮겠어요?" "저번에 말한 웨딩슈즈 화보는 ○○드레스와 촬영하는 게 어떨까요?" "콘셉트는 좀 잡아봤어요?"

밥이 목으로 넘어가는지 코로 넘어가는지 알 수가 없다. 밥을 먹는 시간부터 차를 마시는 시간까지 일에서 시작해서 일로, 꼬리에 꼬리를 문다.

14: 00 갤러리 공사현장

점심을 끝내고 곧 오픈할 갤러리의 공사현장에 가보기로 했다.

그런데 벽이 다 갈라져 있다. 공사를 맡았던 업체 사장님에게 서둘러 전화를 한다. 큰 문제 없다는 사장님과 고성이 오간 끝에 일정을 다시 조율한다. 그리고 때마침 도착한 전시회 리플렛을 살펴본다. 그런데 인쇄를 막 끝낸 리플렛의 종이가 말썽이다.

"종이 확인 안했어? 이게 뭐야?"

1천 장이 넘는 리플렛을 다시 제작해야 한다니. 머리가 지끈지끈 아파온다.

16:00 성수동 공장

디자인 팀장을 다시 만나 재수입된 가죽과 디자인 몇 가지를 체크한다.

"가죽 색상이 지난번하고 너무 다르잖아요!"

염색을 할 때마다 가죽 컬러에 조금씩 차이가 난다지만, 너무 차이가 난다. 이러면 똑같은 디자인을 할 수 없다. 처음부터 다시 염색을 하거나 다른 가죽을 찾아야 한다. 전자라면 가죽 업체와 싸워야 하고, 후자라면 발품을 파는 수밖에 없다. 둘 다 제대로 이루어지지 않는 경우도 많으니 해결이 될 때까지 또 고생을 하는 수밖에.

18:00 강남 미술관

오후 마지막 일정은 강남역에 있는 미술관. 함께 전시를 하

게 될 젊은 작가를 만나기로 했다. 구두와 도자기의 만남에
대한 미팅이 이어졌다.

19:00 청담동 사무실

오늘 저녁은 전시회에 사용할 구두들을 마무리해야 한다.
야근하는 직원들 틈에서 나도 함께 작업을 한다. 레이스로
된 부츠에 진주를 수놓는 작업. 한 땀 한 땀 정성껏 바느질
을 하고 있다. 생각보다 진주가 너무 많이 들어가니 눈이 침
침해진다.

"내일은 오프라인 세일 전날이라 매장에 행사 상품을 진열
해야 해요. 내일 밤 8시까지 물류창고에서 구두가 올 거고
요. 이후에 시작할 거에요." "다음 주 월요일부터 일요일까
지 ○○백화점 기획전 스케줄을 구상하고 있어요. 참석하
기 힘든 날짜가 있으면 미리 말씀해주세요."
직원의 전체 공지를 전달받으며 오늘도 밤은 깊어가고
있다.

00:00

일을 마무리하고 집으로 돌아왔지만, 내일 강의에 사용할
프레젠테이션을 준비해야 한다. '구두의 역사에 대해 수업
을 준비해야 하지, 음, 할 말이 뭐가 있을까?'

다음날 밤, 잡지 에디터가 디자이너의 일상을 칼럼으로 쓰겠다며 취재를 요청해 왔다.

"별거 없는데…… 그냥 바빠. 온 종일."

그날 있었던 일을 그녀에게 자세히 얘기해 주었다.

"그게 하루에 다 일어나는 일이에요?"

"하루에 일어날 때도 있고, 이틀에 걸쳐 일어날 때도 있지. 하지만 대부분 하루야, 하루."

그랬더니 힘들게 일하는 걸 보니 좀 안도감이 든다고 한다. 너무 먼 나라 사람 같지 않고 같은 세상에 살고 있는 사람 같다나?

나도 비슷한 안도감이 든다.

이렇게 힘든데 남들에겐 멋져 보이는 점도 있다니 다행이지 뭐야.

구두 신고
다니는 여자

꼭 생각지 못한 날에 갑자기 중요한 미팅이 생기거나, 브랜드 행사에 초대받거나, 근사한 저녁 식사 제안이 들어올 때가 있다. 가는 날이 장날이라고, 이런 일은 캐주얼 차림으로 편하게 스타일링을 하고 나오는 날에 잘 생긴다. 옷을 갈아입으러 집에 다녀올 상황은 되지 않고 난감할 때가 많다.

그래서 나름대로 해결책을 세워놓은 것이 바로 구두다. 내 차 트렁크에는 항상 비상용 구두 3~4켤레가 있다. 격식 있는 자리에 필요한 포멀한 느낌이 드는 단정한 펌프스, 가벼운 칵테일파티에 어울릴 섹시하고 화려한 스트랩 샌들, 편안하지만 시크한 느낌을 잃지 않는 옥스퍼드 플랫, 편안한 스니커즈, 그리고 운전할 때 드라이빙 슈즈로 신다가 페디큐어를 할 때도 유용한 플립 플랍까지.

언젠가 우연히 출연하게 된 케이블 방송에 '구두를 늘 신고 다니는 여자'라고 언급된 적이 있는데 구두만으로도 분위기는 충분히 달라질 수 있다. 정장을 입고도 스니커즈를 신으면 편안하고 자연스러운 느낌을 연출할 수 있고, 캐쥬얼한 티셔츠에 청바지 차림에도 하이힐을 신으면 여성스럽고 섹시한 느낌을 연출할 수 있다. 그래서 슈즈로 스타일링을 하는 이 방법은 난감한 상황에서 대부분 만족스러운 결과를 만들어 주고 위기에서 벗어나게 해준다.

'휴, 오늘도 네 덕분에 살았다.'

트렁크에 실린 구두에게 감사 인사를 전한다.

슈어홀릭은
화성인?

'가지고 있는 구두만 1천 켤레'

'구두를 3~4켤레씩 차에 준비하는 여자'

'고가의 구두를 예술 작품처럼 모으는 주부'

부정적인 시선으로 슈어홀릭을 바라보는 이 표현들은 몇 년 전 우연히 출연하게 된 케이블 TV 방송에 나온 내 이야기다.

슈어홀릭의 이야기를 다루는 방송이었는데, 슈어홀릭을 마치 외계인 보듯 신기하게 보는 시선으로 진행되어서 솔직히 속이 상했다. 나야 구두 디자이너이기 때문에 구두를 많이 가지고 있는 것이 당연하다고 생각하지만, 구두를 모으는 사람을 신기하게 보는 것은 일반적인 시선인가 보다.

이 방송이 나간 후 '화성인 vs 화성인'이나 다른 독특한 인물이 출연하는 타 케이블 프로그램에서 꽤 많은 출연 섭외가 들어 왔을 정도이니 슈어홀릭을 외계인쯤으로 보는 것은 받아들여야 할 시선인 것 같다. 하긴 무언가 하나에 집착하여 모으는 사람이 독특해 보이는 것은 어쩌면 당연할지도 모르겠다. 내가 나를 봤을 때도 마니악한 느낌이 드니까.

"그 슈어홀릭 말이야. 개네 완전히 미쳤더라, 70~80만 원 하는 구두를 몇백 개씩 가지고 있으니 제정신이야?"

"신지도 않는 구두를 사 모으는 걸 자랑처럼 얘기해. 돈 자랑 하는 건가, 사치스럽게."

프로그램 출연 후 나를 된장녀 보듯 뜨악한 시선으로 보고 있다는 것을 알고 나니 그렇게 비친 모습이 조금 억울하기도 하다.

나는 어렸을 때부터 구두를 좋아했고, 그러다 보니 가지고 싶은 구두는 꼭 사게 되었다. 예전에는 예쁘고 좋아하는 취향의 구두를 사는 것을 즐겼었다. 하지만 많은 구두를 보다 보니 점점 구두를 알아가게 되고, 구두 디자이너가 되고 난 이후부터는 잘 만들어진 구두나 소장 가치 있는 구두들로 구매하는 취향이 점점 변해갔다.

잘 만들어진 구두는 예술 작품과도 같은 느낌이 드는 것도 비슷한 맥락에서였다. 디자이너가 되니 '어떻게 이렇게 만들지?'라는 생각이 들 정도로 경이로운 마음마저 드는 구두가 있다. 그런 구두는 개인적인 욕심으로 소장하고 싶기도 하지만, 공부하는 차원에서도 구매하게 된다.

바닥 창을 어떻게 붙이는지, 중창을 싸는 기술, 굽과 바닥창이 기존의 방식과 다르게 이어지는 것을 보면서 '이런 방식으로도 만들 수 있구나.' '이렇게 만드는 방법이 좀 더 튼튼하겠어.' '이렇게 만들어도 디자인이 이상하지 않네.' 등 새로운 방법을 배우게 된다.

구두에 집착했던 것은 내 인생에 크게 도움이 되었다. 많은 구두를 신어 보았던 까닭에 신었을 때 불편한 디자인이라든지, 포인트에서 불편함을 느낄 수 있을지에 대해

꼼꼼하게 생각해보게 되었기 때문이다. 불편함을 최소화시킬 수 있는 디자인과 품질 개선에 신경 쓰다 보니 여러 구두를 신어본 것은 좋은 구두가 무엇인지 배우는 계기가 된 셈이다.

또 어떤 라스트가 어떤 발 모양에 잘 어울릴지도 알게 되었다. 예를 들어 크리스찬 루부탱의 라스트는 발볼에 뼈가 튀어나온 나에게는 잘 맞지 않지만, 마놀로 블라닉의 길게 빠진 라스트는 잘 맞는다. 이런 저런 구두를 신어본 덕에 발볼이 넓은 한국인에게는 어떤 모양의 라스트가 좀 더 잘 어울릴 수 있는지 생각할 수 있게 되었다.

주변에 무언가에 꽂혀서 빠져 있는 사람이 있다면,
특이하고 이상하게 보지 말고,
조금만 이해해주자.
그 사람의 인생이 그것 때문에 어떻게 나아질지는 아무도 모르는 일이니까.

가 · 죽
앓 · 이

"김 팀장, 이 가죽 좀 봐. 너무 예쁘지?"

"와, 정말 예쁘다. 이걸로 구두를 만들면 정말 예쁘겠다."

가죽 수입 업체를 만나고 온 날 저녁, 디자이너들을 작업실로 불러 모아 가죽 샘플을 보여주며 흥분을 감추지 못했다. 오랫동안 가죽과 함께하다 보니 좋은 가죽, 예쁜 가죽을 보면 눈을 뗄 수 없다. 여자들이 쇼핑할 때 가방이나 신발에 열광하는 딱 그 모습이다. 특히 특급에 가까운 수입 가죽만이 가진 느낌에 나는 항상 넋을 잃고 감탄하게 된다.

"너무 부드럽지?"

"진짜 고급스럽지?"

"컬러 봐, 어떻게 이런 컬러가 나올까?"

"어머, 안 돼! 지문 묻어!"

가죽을 만질 때 조심하는 내 모습은 영락없이 고가의 명품 가방이라도 대하는 듯하다. 처음으로 수입 가죽을 봤을 때는 더 심하게 흥분하였는데, 너무 멋지고 좋은 가죽을 원 없이 사고 싶은 마음에 잠도 제대로 못 잘 정도였다. 앞에서도 설명하였지만, 수입 가죽은 수량이 적고 운송료도 높기 때문에 굉장히 비싸다. 그러니 나 같은

JP101
JM114
JM113
JM112
JM111
JM110
JP606
JP605
JP604
JP603
JP602
JP601

작은 브랜드의 디자이너는 그림의 떡처럼 침을 흘릴 수밖에……. 그런 나이기에 샤넬이나 에르메스 같은 명품 브랜드에 사용하는 가죽으로 구두를 만들고 싶지만 그럴 수 없는 현실은 늘 나를 우울하게 한다. 평소 쇼핑을 좋아하는 마음이 가죽까지 옮겨지는 것 같다.

사고 싶은 가죽은 한도 끝도 없다.
수입 가죽을 몽땅 우리 창고에 사두고
그 안에서 디자인하는 것이 꿈속에서도 나왔으니까.
오죽하면 내 이런 모습을 보고 직원들이 '가 · 죽 · 앓 · 이'라고 표현을 했을까.

현실의
벽

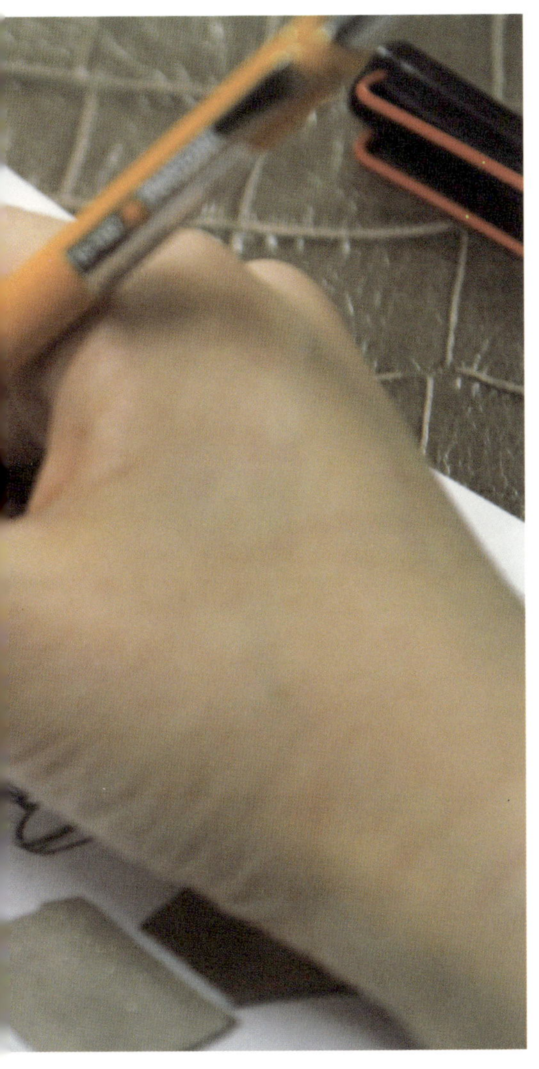

구두를 만들 때 고급스러운 느낌을 중시하고, 디테일보다 소재에 신경을 쓰는 편이다. 수입 가죽은 이런 내 눈높이를 한껏 올려놓아서 가죽을 선택할 때 고민하게 만든다. 이럴 때 디자이너로서 한껏 욕심이 발동한다. 더 멋진 디자인을 만들고 싶은 마음, 더 좋은 가죽을 사용하고 싶은 마음이 굴뚝같다. 하지만 이런 가죽을 사용했다가는 구두 가격이 천정부지로 상승하게 된다. 내가 원하는 이탈리아 직수입 가죽으로 제작하려면 한 켤레의 가격이 적어도 80~100만 원 정도는 되어야 하는데, 과연 그 가격에 구두를 살 사람이 얼마나 될까? 한국의 수제화 장인의 실력이 이탈리아 장인과 비교해도 손색이 없다고 생각하지만 우리 구두를 100만 원에 흔쾌히 살 사람이 있을까? 정말 멋진 구두를 디자인하고 싶을 때 그럴 수 없는 현실이 정말 속상하다.

하지만 나도 백화점에서 명품을 살 때는 가격을 다 지불하면서, 동대문에서 티셔츠 한 장을 살때면 천 원이라도 깎으려고 기를 쓰고 흥정했으니. 국내 디자인에 대한 이런 사정을 이해 못 할 것도 아니다.

더 좋은 소재, 더 좋은 부자재로 구두를 만들고 싶다. 어느 디자이너인들 그러지 않겠는가. 현실과 적절히 타협을 하면서 최선을 끌어내는 것. 하고 싶은 것을 다 하지는 못해도 할 수 있는 것들을 최대한 시도해보는 것. 그것이 디자이너와 사업가 사이에서, 욕심과 이성 사이에서 도출해 낼 수 있는 최선일 것이다.
아, 그럼에도 눈 앞에 아른거리는 가죽 때문에 잠 못 드는 밤은 계속 이어진다.

과연
제대로
가고 있는 걸까?

구두 디자이너로서의 나

사업을 하는 나

후배를 양성하기 위해 강의하는 나

그리고 한 남자와 결혼한 나

집안의 딸이자 며느리인 나

나의 모습은 여러 가지인데 그 중 어떤 것을 제대로 하고 있는 걸까?

점차 하고 싶은 것들을 하나둘씩 이루어 가는 과정이라고 생각하지만,

과연 제대로 가고 있는 걸까?

: 네 번째 방

INSPIRATION

디자인에 영감을 주는 것

디자인은 자신을 쥐어짜는 작업이
라고 생각될 정도로 괴롭고 고민스
러울 때가 있다. 더는 나올 것 없이
아이디어가 고갈되어 괴로울 때도
있고, 디자인이 나와야 하는데 나오
지 못하는 상황에서는 울고 싶을 때
도 있다.
하지만 이럴 때 새로운 것에서 영감
을 얻고, 그것을 발전시키는 것은 즐
거움이기도 하고, 새로운 도전이기
도 하다.

Collaboration
Shoes Exhibition

'구두 디자이너가 아닌 사람들과 함께하는 디자인은 어떨까?'
문득 떠오른 생각은 갑자기 꼬리에 꼬리를 물고 커졌다.
순간 구두와 관계 없는 친구들과 작업을 해보고 싶다,
구두를 전혀 모르는 친구와 작업을 해보고 싶다는 마음이 들었다.

콜라보레이션 전시회는 이렇게 시작됐다.

"처음에는 원래 좀 가벼운 마음으로 내가 하지 않는 작업을 해보려 했었어. 하지만
서로 만나 이야기하면서 점점 나도 제대로 해야겠다는 책임감 같은 게 느껴지더라
고." 나만 소통한다고 생각하는 것이 아니라니 다행이었다.
전혀 다른 생각을 가진 사람과 소통하게 될 때도 있다. 그때의 즐거움은 더 커지는
데, 강준영 작가와의 만남이 그랬다. 처음 만날 날, 우리는 서로 너무 다르다는 것을
느꼈다. 대화가 재미있었고, 시종일관 유쾌하고 즐거웠지만 생각이 너무 달랐다.
'이렇게 다른 사람들이 함께 전시를 하는 것이 괜찮을까?'

LUNAPARK

그의 드로잉과 도자기가 내 구두와 함께 전시되었다. 내가 준비한 옥스퍼드 플랫인 라페와 하이힐인 베일리를 그의 시선으로 보는 작업이었다.

여자를 돋보이고 예쁘게 만드는 구두. 여자의 입장에서만 구두를 보아오던 내게 그의 시선은 새롭고 신선했다. 그가 드로잉한 작품에는 다음과 같은 문구가 쓰여 있었다.

"I was born to you."

구두가 "나는 널 위해 태어났어."라고 말한다니……. 작품을 보는 순간 그가 쏟아 부었던 에너지가 느껴져 울컥 눈물이 날 뻔했다. 함께 작업을 하면서 처음 느껴보는 기분이었다.

사람과 사람이 만나 대화를 하면서 소통하게 되는 것은 정말 큰 매력이 있다. 그 교감과 소통을 통해 많은 것을 배우고 깨닫게 된다. 도예가 신이철 선생님은 "예술가는 늘 날이 서 있어야 한다."라고 말씀하였다. 창작을 위해 편하기만 한 생활을 할 수 없다는 그분의 생각은 내게도 채찍질과 같다. 결국 사람에게 얻는 에너지가 가장 큰 것이다. 그것이 내가 다양한 사람들을 만나야 하는 이유며, 아티스트와의 교류를 계속해야 하는 이유다.

구두 스토리를
들려줄 수 있는
공간

"구두 브랜드에서 갤러리라니, 도대체 정체가 뭐지?"

"왜 갤러리를 내는 거지?"

갤러리를 오픈하면서 가장 많이 들었던 질문이다.

사실 지금까지 내가 해왔던 많은 일이 그랬듯 갤러리 오픈도 사소한 궁금증에서 시작했고 이유도 심플했다. 하지만 이런 심플한 뜻과는 달리 "보여주기 위해 별걸 다 하는구나."라거나, "장사가 잘되니 신선놀음을 하고 싶은가 보다."라거나, "한가해서 저러나 보네." 등 의외로 많은 오해를 받게 되었다.

나의 구두에는 스토리가 있고,

그 스토리를 들려줄 수 있는 공간이 필요했다.

스토리텔링을 할 수 있는 공간이자,

전시도 하고, 쇼룸으로 구두도 보여줄 수 있는 공간이.

갤러리를 오픈하기 위해 많은 것을 감수해야 했고,

오랜 고민 끝에 어렵게 시작했다.

이곳은 앞으로 계속해서 우리의 이야기를 들려줄 장소가 될 것이다.

소소한 구두 이야기부터 거창한 작품 이야기까지 계속해서 이어나갈 생각이다.

Woman

'블랙 슬리브리스 원피스에 오버사이즈 선글라스를 낀 저 여자. 반듯이 넘겨 하나로 묶은 머리가 깔끔한데 성격은 꽤 깐깐해 보이는군. 블랙 램 스킨 슬링백은 그녀와 정말 잘 어울리는데? 경쾌한 하이힐 소리를 내며 천천히 걸어가고 있어. 저 여자는 아마 패션 브랜드의 간부일 거야. 내일은 유럽으로 해외 출장을 가겠지. 그럼 그때는 뭘 신고 갈까?'

'긴 머리를 질끈 묶고, 사각형의 빅백을 어깨에 메고, 화이트 셔츠에 그레이 와이드 팬츠를 입은, 편안해 보이지만 결코 캐주얼해 보이지 않는 의상을 입은 저 여자. 서류가 들어갈 사이즈의 가방을 보니 광고나 디자인 회사에 다니고 있어. 클라이언트와 미팅에 늦을지도 모르니 서둘러 가야 해. 그런 자리에 저 의상이라면 구두는 너무 높지 않으며 세련되어 보일 수 있는 옥스퍼드 힐이 좋겠는데?'

건너편 백화점 입구가 보이는 카페 안에서 백화점에 들락거리는 여자들을 관찰하며, 그녀들의 직업, 나이, 배경에 관한 것을 내 마음대로 상상하는 중이다. 이런 얘기를 하면 "소설을 쓴다."라고 할 것이다. 웃기는 얘기지만 그 말이 맞다. 나는 혼자 소설을 쓰면서 '그 여자'가 신는 구두를 상상한다. '그 여자는 출근할 때 단정하게 입어야 하지만, 구두는 다소 컬러풀한 구두를 신어도 돼. 파스텔 톤이면 좋겠군. 함께 일하는 남자 상사가 그녀보다 키가 작으니까 굽은 너무 높지 않은 것으로.' '그 여자가 데이트할 때는 원피스에 잘 어울리는 라운드 토의 메리제인이야.'

나에게 영감을 주는 것은 사람, 그중에서도 '여자'다. 나의 디자인은 항상 '여자'에서 시작한다. 출근하는 여자, 혼자 쇼핑하는 여자, 멀리 여행을 가는 여자, 아이를 학교에 데려다 주는 여자, 나른한 오후에 커피숍에 앉아 친구와 수다 떠는 여자. 이 모든 여자들이 내게 영감을 주고, 나는 그들을 상상하며 구두를 디자인한다.

때때로 주변에 있는 여자들이 내게 영감을 주기도 한다. 꼼꼼하고 이성적인 H, 그녀는 브랜드 홍보를 담당하는 커리어우먼으로 클래식한 브랜드 분위기상 세련된 수트를 자주 입는다. 일하는 그녀를 생각하면 세련되고 섹시해 보이는 하이힐이 떠오르고, 주말에는 늘 편안한 티셔츠에 청바지를 입기 때문에 편하게 신을 수 있는 옥스퍼드 플랫슈즈 디자인이 떠오른다.

유쾌 발랄한 친구 J는 여성스럽고 귀여운 스타일이다. 동안인 그녀는 강한 비비드 컬러가 잘 어울리고, 빅 리본이나 화려한 장식도 어색하지 않아 그런 스타일을 어려워하는 내게 늘 영감을 준다.

항상 웃는 얼굴로 상대방을 기분 좋게 대하는 백화점 매장 S 매니저. 그녀는 큰 키에 늘씬한 몸매로 시원시원하게 말을 하는데, 그녀를 보고 있으면 시크해 보이는 플랫슈즈가 잘 어울릴것 같다.

모든 것이 온전히 그녀들에게서 받은 영감으로 디자인된 구두들이다.

예쁜 여자, 수다스러운 여자, 까칠한 여자, 쿨한 여자, 웃는 여자, 눈물 많고 정 많은 여자. 그녀들은 앞으로도 나와 함께할 뮤즈다.

나는 항상 여자가 아름다웠으면, 즐거웠으면, 행복했으면 하고 생각한다.

그래서 내가 만드는 구두는

여자를 아름답게 하고,

즐겁게,

행복하게 만들 것이라고 믿는다.

네 번째 방 : INSPIRATION 디자인에 영감을 주는 것

구두에 이름 짓는 여자

힐다, 베일리, 헤더, 카밀라, 제인, 로에나.

이것은 모두 구두 이름이다. 나는 구두를 만들고 그 느낌에 어울리는 이름을 짓는다. 어릴 적 인형놀이를 할 때마다 매번 다른 직업과 환경을 정하고 새로운 이름을 지었다. 내 인형의 직업이 변호사면 조금 단정한 이미지의 이름을, 가수라면 화려하고 세련된 이름을 지어주는 식이다. 어떤 날은 캐리, 아만다가 되었다가 또 어떤 날은 새로미나 유키코가 되었다. 이름이 정해지면 그에 어울리는 옷과 구두, 헤어스타일로 스타일링을 했다. 어렸을 때 했던 인형 이름 짓기가 도움이 된 걸까? 구두를 보면 그 분위기에 어울리는 이름이 떠오른다.

힐다^{Hilda}는 까다롭거나 어렵지 않은 여자지만, 디자이너와 같은 감성을 가진 여자다. 무난해 보이지만 사실은 굉장히 세련되고 시크하다.

베일리^{Bailey}는 반듯한 성품에 밝고 사랑스러운 여자다. 어른의 말을 잘 듣는 온순한 성격인데, 가끔 자신이 옳다고 생각하는 일에는 의견을 굽히지 않는 고집스러운 면도 있다.

헤더^{Heather}는 세련되고 쿨한 여자다. 모험을 즐기기도 하고, 트렌디한 것도 좋아하는 젊고 밝은 성격이다.

1	2
3	4

1.힐다:매시즌 여러 가지 컬러와 소재를 변경하여 새로 나오고 있다. 2.베일리:굽을 비롯한 전체적인 라인에 신경을 쓴 디자인. 3.헤더:매년 여름마다 새로운 컬러로 선보인다. 시원해 보이는 화이트, 블루 컬러. 4.로에나:여성스러운 라인과 화려한 주얼리 장식으로 많은 사랑을 받고 있는 디자인.

매 시즌 새롭게 나오는 구두마다 새로운 이름을 짓는 것은 까다롭고 어렵다. 처음부터 '너의 이름은 이거야.'라고 마음속으로 정하는 디자인이 있는가 하면, 이름이 떠오르지 않는 디자인도 있다. 그럴 때는 고전 문학, 영영 사전까지 찾아가며 어울리는 이름을 생각해 내려고 노력한다.

이름은 정체성을 나타내는 것이기에 고객에게 설명할 때 도움이 되기도 한다. 디자이너는 미묘한 차이라도 신경을 써서 디자인한다. 디자인이 같아 보여도 토크레비지^{발가락 꼴}가 조금 보이느냐 많이 보이느냐, 안보이냐에 따라 느낌의 차이는 굉장하다. 디자인을 할 때 굽이나 전체 실루엣에 크게 신경을 쓰기 때문에 만들 때 무엇에 중점을 주느냐에 따라 구두의 분위기가 달라진다.

이 분위기의 차이를 말할 수 있는 것이 이름이다. 심플한 검정 구두가 아니라 '제인'과 '카밀라'로 구별하는 것이다.

너무 흔하지 않으면서 예쁜 이름. 발음하기 쉽고 느낌이 좋은 이름. 모습과 분위기가 어울리는 이름. 구두의 이름을 정하는 것이지만 아이의 이름을 짓는 것처럼 조심스럽고 진지하게 생각한다. '운명은 이름을 따라간다.'라는 속설처럼 구두의 운명도 이름에 따라 달라질 수 있지 않을까? 미신일 수도 있지만 새로운 생명을 보듯 경건하고 주의 깊게 신경 쓰고 조심스러워 하며 이름을 짓는다. 그게 내가 구두를 대하는 자세다.

오늘도 나는 구두에 이름을 짓는다.

이 구두의 앞날이 밝고 환하기를,

이 구두를 신는 사람들의 앞날이 즐겁고 행복하기를 바라는 마음으로.

여행은 그런 것

내게 여행은 유일한 휴식이고, 영감을 얻는 제일 중요한 시간이다.

디자이너로 살기 위해 꼭 가져야 하는 시간이다. 그래서 놓치기 싫은 전시회가 있을

때는 무리를 해서라도 가는 편이다.

물론 시간도 비용도 자유로운 것은 아니다.

짧은 비행 후 상하이에 도착했다. 상하이에서는 샤넬 전시회가 한창이었다. 코코 샤넬이 직접 만들었던 옷, 보석, 최초의 향수인 CHANEL NO.5의 진열부터 작품의 배치와 동선까지 모든 것이 '샤넬'이란 브랜드를 보여주는 거대한 하나의 공간이었다. 마치 전시 자체를 하나의 예술로 표현한 것 같았다. 하나의 거대한 예술품 같은 전시회장에서 본 그들의 히스토리에서 진한 감동을 느낄 수 있었다.

살바도르 달리, 피카소, 이고르 스트라빈스키 등 여러 아티스트와 교류하며 예술적인 감각도 놓지 않은 샤넬. 나도 아티스트와 교류를 계속 이어가야겠다는 생각. 결국은 아티스트로 남고 싶다는 욕심. 이 모든 생각을 할 수 있었다. 함께 갔던 디자인 팀장과 계속 전시회 이야기만 했을 만큼 샤넬 전시회에서 받은 감명은 크나큰 활력을 주었다.

'올해 가장 큰 에너지를 받았던 곳, 상하이의 샤넬 전시회'

갈증 속에 마시는 청량음료 같기도 한 것.
여행은 그런 것이다.

디자이너의
위로

여행을 통해 만나는 것은 때론 일상보다 더 강렬하고 인상적으로 다가온다. 그날, 파리 여행 중에 보았던 이브 생 로랑 회고전은 내게 크고 강한 인상을 남겨 주었다. 그의 다큐멘터리 영화를 보기도 했었지만, 그때보다 더 사실적으로 다가온 느낌이랄까? 머리를 얻어맞은 것 같은 충격. 감정이입. 고등학교 때 고흐의 전시회를 본 이후 이런 충격은 처음이다.

전시회장에 들어서는 순간, 그의 기운과 에너지가 느껴져 압도되는 기분이었다. 사실 나에게 이브 생 로랑은 위인이라기보다 디자이너 선배나 동지 같은 느낌이었다. 패션에 대한 열정, 쇼, 그가 이룬 위대한 업적들 이면에 외로움이나 고통이 보였다고 나 할까?

그가 가진 예술가적인 감성과 디자이너로서의 일생은 마치 내가 가진 감정과도 비슷했다. 디자이너이자 사업가로 살아오면서 남들과 다른 길을 가고 있는 나는 종종 친구들과도, 사람들과도 멀리 떨어져 혼자 외로운 길을 가고 있다는 생각을 한다. 누군가에게 내 생활이나 감성을 이야기하고 이해받을 상황이 아니라는 것이 나를 더욱 외롭게 만들었다. 물론 내가 가는 이 길을 후회하는 것도, 누군가에게 위로받고 싶은 것도 아니다. 단지 그 길을 걸었던 인생의 선배와도 같은 사람에게서 조금이나마 그 아픔이 느껴졌던 것뿐이다.

전시를 보고 파리를 여행하는 내내 나는 감정적으로 힘들었다. 누군가의 외로움에 그토록 공감한 것은 처음이었다. 아직도 그때를 생각하면 당시의 아픔이 떠오른다. 하지만 한편으로 그것은 위로이기도 했다.

세계 곳곳의 구두

SHOESTORE

CELLAR
Lane's

Mer
christm
SA

BAZAAR
THIS
A DECADE OF STYLE

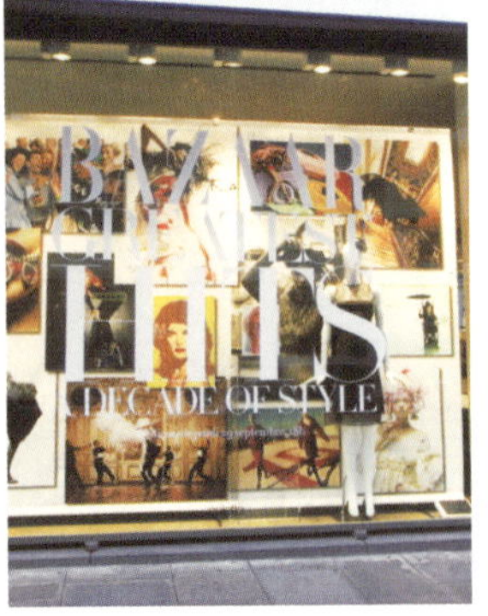

평소보다 긴 여행을 계획한 적이 있다. 한 달에 조금 못 미치는 몇 주간의 여행이었다. 고민하다 실행에 옮긴 이유는 그 시간 동안 무엇을 못할까 봐 안달하는 마음을 비우고 싶어서였다.

그 시간 동안 한국에서 할 수 있는 일들은 많을지 모르나,
그 시간 동안 볼 수 있는 것은 더 많을 것이라고 생각했다.

역시 세계 곳곳에서 만나는 구두는
작업실에서 한 달을 처박혀 있어도 느끼지 못하는 것들을 깨닫게 해줬다.

이탈리아는 정말 구두의 천국이었다. 왜 이탈리아의 구두가 유명한 것인지 몸소 체험할 수 있었다. 브랜드 수만 해도 옷에 비교해도 뒤지지 않을 정도로 즐비했다. 그리고 하나같이 제대로 된 신발을 만들었다. 국내에서 유통되는 중국의 저가 구두 같은 것은 볼 수 없었다. 구두를 패션의 부속인 잡화 정도로 취급하는 우리나라와 대조되는 분위기였다. 나는 구두를 대하는 그들의 진지한 모습이 못내 부러웠다.
피렌체에서 만난 한 구두 공방에서도 그 마음은 그대로 이어졌다. 작은 공방이었던

그곳은 특별할 것도 뛰어날 것도 없어 보였지만 내공과 힘이 느껴졌다. 백 년이 넘는 긴 시간 동안 구두를 만들어 온 그 공방은 어떤 브랜드보다도 탄탄하고 제대로 된 역사가 느껴졌다. 그것은 아무리 크고 화려하게 포장한다고 해도 흉내 낼 수 없는 것이다. 시간, 노력, 경험을 이길 수 있는 것은 없다.

홍콩은 머리가 복잡하고 아무것도 떠오르지 않을 때 내게 새로운 영감을 주는 곳이다. 특히 쇼윈도 디스플레이는 예술의 경지였다. 구두창으로 만든 커다란 구두 오브제, 빨래집게로 만든 드레스 오브제, 열쇠 오브제 등 기발한 디스플레이들. 이 모든 것이 나를 흥분하게 만든다. 특히 하버시티에 리뉴얼한 레인 크로포드의 슈 라이브러리Shoe Library는 한국에 와서도 며칠 동안 흥분하면서 이야기할 정도로 멋진 디스플레이와 제품들로 가득했다. 홍콩은 한 시간만 쇼핑몰을 둘러보아도 아이디어가 떠오를 정도로 뜨거운 도시다. 우울할 때 그곳에서 찍은 사진만 봐도 기분이 좋아질 정도니까.

작업실 밖에서, 나라 밖에서 배울 수 있는 것은 무궁무진하다. 눈이 휘둥그레지며 감탄이 절로 나오는 유명 디자이너의 매장 디자인과 디스플레이뿐 아니라, 도시마다 녹아 있는 예술과 디자인의 조화, 생활과 예술의 경계. 아마도 앞으로도 계속 그 속에서 보낼 몇 분을 위해서 몇 시간 비행시간도 마다하지 않을 것이다. 여행은 내게 그 이상의 영감을 주니까.

사람에 대한
관심

봉사활동이라는 것은 조금만 마음을 쓰면 누구나 할 수 있는 일인 것 같지만, 그렇다고 쉽게 할 수 있는 일도 아니다. 거창하게 할 일도 아니지만, 별거 아니라며 시작할 일도 아니다. 나부터도 시간이 없다는 말로, 여유가 없다는 말로 선뜻 나서지 못했으니까.

하지만 그곳에 가면 무언가 있다.

그것은 '남'을 위하는 것이 아닌 '나'를 위한 시간이다.

더 많은 것을 보고, 생각하고, 깨달을 수 있는 시간.

앞으로도 꾸준히 계속 하고 싶은 이유다.

구두와 건축의 공통점

도시 건축 토크 콘서트.

이름도 생소한 이곳에 간다고 했을 때, 주변에서는 구두디자이너가 왜 건축 토크 콘서트에 가냐며 의아해 했다. 하지만 나는 내가 잘 모르는 분야에 대한 모임을 즐긴다. 다양한 분야에 대한 관심과 호기심은 내게 많은 것을 얻게 해주고, 결국은 내 디자인에 녹아들기 때문이다.

건축은 다양한 분야와 소통이 필요하고 가능한 분야다.

유럽을 여행하다 보면 현대식 건물과 오래된 건축물이 동시대에 함께 숨 쉬듯 멋지게 어우러지는 것에 감탄하곤 했다. 그런데 그것이 단지 예쁘고 오래가도록 튼튼하게 만들어진 감상을 위한 건축물이 아니라 오랫동안 사람이 그 안에서 생활해온 건물이라 더욱 감탄했다.

건축학은 사람과 사람이 살 공간에 대해 공부를 하고 연구하는 학문이라고 한다. 구두도 건축과 같이 사람을 위한 것이고, 사람에 대한 연구가 필요하다. 사람에 대한 이해가 바탕이 되어야 한다. 내가 신발을 만들기 위해 치료학, 인체학을 같이 공부했던 이유는 발을 편하고 건강하게 지키기 위해서다. 대충 만들어 놓은 집이 큰 재앙을 만들 수 있는 것처럼 대충 만든 구두 역시 사람에게 재앙이 될 수 있다. 사람을 위한 것은 집이든 구두이든 마찬가지다.

"구두를 위해 건축을 공부해야겠어!"

구두 디자이너 8년 차, 구두에 대해 많이 알 것도 같은 시간인데 점점 공부할 것들이 늘어만 간다. 구두를 위해, 구두를 신는 사람을 위해.

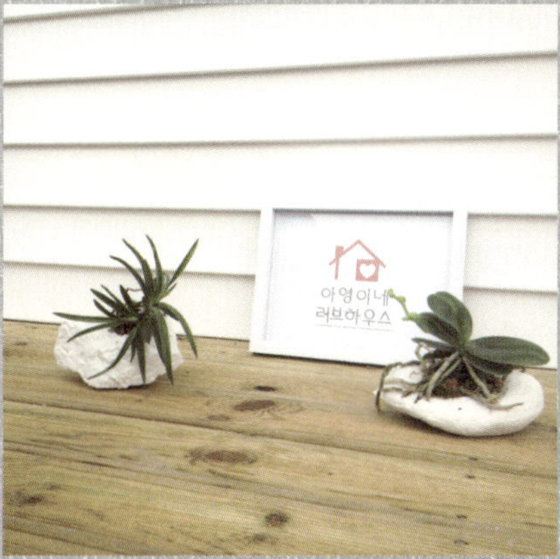

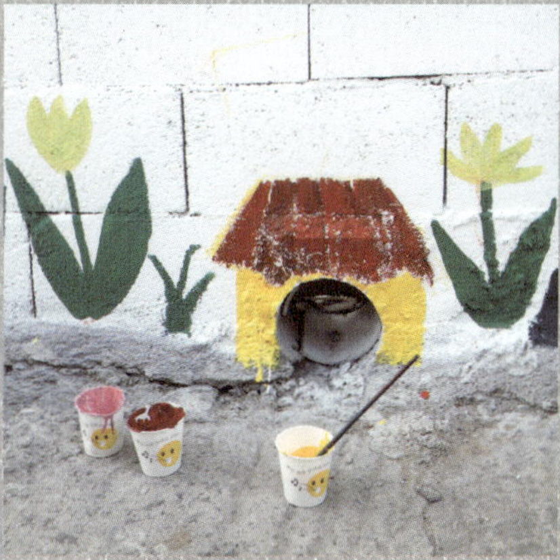

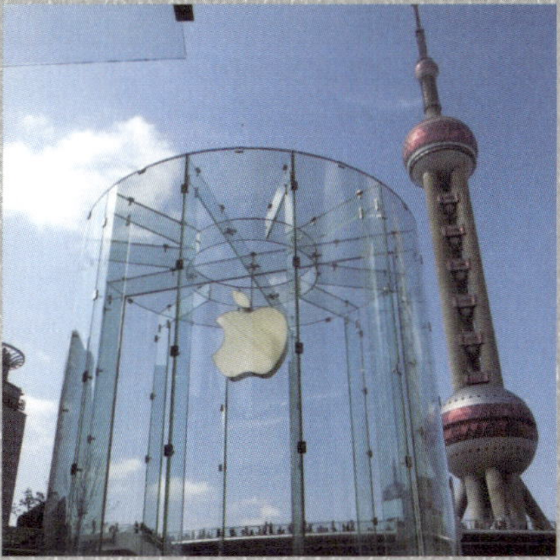

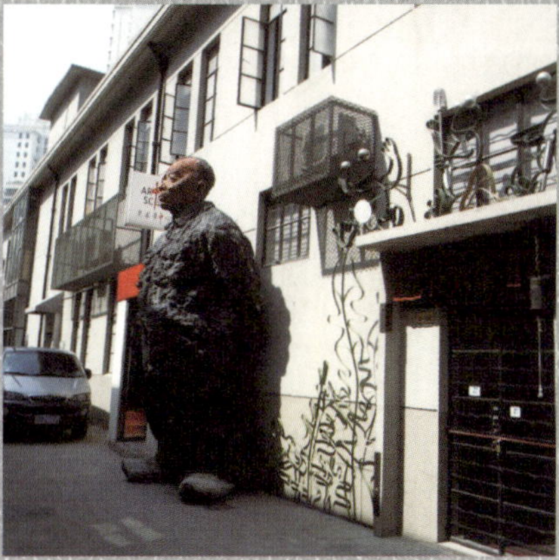

1. 2. '2012 MBC 어린이에게 새 생명을'에서 근육병 어린이를 위해 디자인한 러브하우스. 전남 나주까지 가야 하는 긴 여정이었지만 더 많은 것을 얻고 온 시간이었다.   3. 4. 국내는 물론 해외에서 보는 건축물에서도 많은 것들을 느낀다. 사람과 함께 생활하는 건축물은 구두와 닮은 점이 있다.

나는
채식주의자다

나는 몇 년 전부터 채식주의를 하고 있다. 부끄러울 것도 특별할 것도 없는 사실을 조심스럽게 고백하는 이유는 내가 가죽으로 구두를 디자인하기 때문이다.

"가죽으로 구두를 만드는 사람이 채식주의자라니?" "채식주의자라고? 그럼 구두는? 가죽은?" 채식주의를 선언하고 심심치 않게 주변의 공격을 받았다. 고기를 먹지 않는 이유가 특이하거나 예민하다는 이야기를 직접 듣기도 했고, 너무 유별나다는 이야기도 셀 수 없이 들었다. 그런 것까지는 이해할 수 있었지만 가죽과 연관 지어 비아냥거림을 들을 때는 할 말이 없어진다. 모순되어 보이는 것은 인정한다. 하지만 최대한 내가 할 수 있는 만큼 하자는 것이 솔직한 심정이다.

물론 가죽 외의 소재에 대한 관심은 끊임없이 이어진다. 원단 소재를 사용하거나, 페이크 가죽을 활용하는 등 나름대로 연구도 계속하고 있다. 디자인하는 구두 중 새틴이나 트위드 같은 원단 소재를 꾸준히 선보이는 것도 같은 이유에서다.

아직도 가끔 비꼬는 말이나 비아냥거리는 이야기가 들려오곤 한다. 그럴 때마다 '내 소신껏, 내가 할 수 있는 만큼 하자.'며 스스로 다독거린다.

이런 생각은 환경운동으로도 이어진다. 가죽 가방을 좋아하던 내가 요즘은 에코백이나 패브릭 가방에 더 관심이 간다. '구두 박스를 재활용지로 만들 수 없을까?' '우리 쇼핑백이 잘 찢어져 금방 쓰레기가 되면 안 되니까 조금 더 두껍고 좋은 종이를 써보자.' '에코백을 만드는 것도 좋겠다.'

한번은 가죽 자투리를 활용해 '그린 프로젝트'라는 이름으로 캠페인을 벌였다. 구두를 만들 때 재단을 하면 꽤 많은 가죽이 버려진다. 그 가죽 조각을 이용해 디자인한 구두를 한정품으로 판매한 것이다. 그리고 판매 수익금은 환경 운동 단체에 기부했다. 큰일은 아니지만 그것만으로도 뿌듯하고 즐거운 마음이 들었다.

앞으로 적어도 몇 년간은 채식주의라고 하면 불편해하는 눈빛을 감수해야 할 것만 같다. 그럼에도 나는 이야기하고 싶다. 나는 내가 할 수 있는 일을 하겠다고.

나는 백화점에서 슈즈 페어 행사가 있으면 디자이너에게 직접 현장에서 판매하도록 유도한다. 물론 각자 업무가 있어서 행사에 참여하기란 쉽지 않다. 디자이너에게 현장 판매를 시키면 대부분 어려워하고, 간혹 싫은 내색을 하기도 한다. 판매라는 것은 구두에 관심이 없는 사람까지 응대해야 하기 때문에 분명히 어려운 일이다.

"이런 거 말고 다른 컬러는 없어요?" "이거는 좀 촌스럽다." "됐어요. 나한테는 너무 안 어울리네." 이런 부정적인 말을 들을 때도 있고, 상처 되는 말을 듣는 것도 부지기수다. 하지만 그럴 때에도 생글생글 웃으면서 응대를 해야 하니 처음 해보는 디자이너들이 어려워하는 것은 당연한 일이다.

그러나 매장에서 많은 사람들을 상담하다 보면 디자인에 대해 더 많이 생각하게 된다. 어떤 구두가 사람들을 편하게 해줄지, 잘 어울릴지 이런 고민에 대한 답을 현장에서 직접 들을 수 있다는 것은 현장판매의 큰 장점이다.

내가 처음 백화점 행사 현장을 나갈 때만 해도 디자이너가 직접 상품을 판매하는 것은 신기한 일이었고 '너희가 뭘 할 줄 아냐'며 비웃는 매장 직원도 많았다. 그러나 효과는 이듬해부터 나타나기 시작했다. 행사장에서 제일 많이 판매한 브랜드가 되었던 것이다. 디자이너가 직접 현장에서 고객과 소통을 한 결과였다.

디자이너이기 때문에 몇 년 혹은 몇십 년 동안 판매를 해오던 사람들의 고객응대 스킬을 따라갈 수는 없었다. 하지만 나는 직접 만든 구두를 설명했고, 고객은 그 이야기를 들어주었다. 고객과 소통하기 위해 진심으로 노력했던 것이다. 디자인을 설명하고, 어떻게 신으면 될지 어떤 옷이 어울릴지 스타일링을 해주는 것은 나에게도 고객에게도 즐거운 시간이었다. 가끔 마음이 맞는 손님이 있으면 시간 가는 줄 모르고 그 자리에서 수다를 떨기도 했다. 그러면 그 고객이 친구를 데리고 오기도 하고, 다음 행사 때 또 찾아오기도 했다. 그렇게 몇 년째 이어진 고객들도 있다.

내가 판매에서 제일 중요하게 생각하는 것은 고객과의 소통이다. 그러면 '어떤 구두가 인기가 많으니 이런 걸 더 만들자, 어떤 구두는 인기가 없으니 만들지 말자.' 이런 생각이 드는 것이 아니라, 스토리가 담긴 구두를 만들 수 있게 된다.

디자이너가 판매를 해야 하는 이유는 여기에 있다. 단순히 고객을 응대하고 직접 판매 성과를 올리라는 것이 아니다. 그들에게 진심을 다해 이야기하고, 진정성 있는 구두를 만드는 것. 이것이 내가 디자이너들에게 현장판매를 권하는 잔짜 이유다.

열정, 노력,
나머지는 체력

"디자이너는 앉아서 그림만 그리는데 아니에요. 이 일도 만만치 않게 힘들답니다."
구두 디자이너가 되겠다는 대학생이 모인 특강에서 디자이너를 화려하고 멋진 직업
이라고 생각하는 사람이 있다면 나는 당장 그 생각을 버리라고 얘기한다. 디자이너
로 버텨낼 수가 없을 거라고 이야기하면 학생들은 대부분 내가 좀 과장하거나, 극단
적으로 얘기하는 것이 아닐까 의심하기도 한다. 하지만 업계에서 일하는 사람들이라
면 누구나 공감한다.
열정과 노력이 필요하다는 것은 비단 구두 디자인에만 적용되는 것은 아니다. 그러나
이 직업의 필수조건은 바로 체력이다. 이른바 3D라 불리는 직업과 비교해서 더했으면
더했지 절대로 덜하지 않다. 그래서 디자이너를 뽑을 때도 열정과 노력 못지않게 체
력을 강조한다.
"일이 좀 힘들어요. 지금 무슨 일을 하는지도 모를 정도로 바쁘고, 이것저것 시키는
일은 많고, 어려운 일 투성이일 거예요."
남이 들으면 엄포와도 같은 이야기를 들으면서도 디자이너를 꿈꾸는 젊은 청년들은

대부분 열정 하나만 믿고 입사한다. 그러나 실제로 오래 버티는 이들은 극소수다.

"몸 바쳐 일하겠다고 들어온 인턴, 열심히 가르쳐놨더니 며칠 만에 잠수 탔다."

어느 기자가 트위터에 남긴 글을 보니 왜 그렇게 남 일 같지 않던지.

디자이너라는 직업이 사람들에게 환상을 주는 직업인 듯 하지만, 우리끼리는 늘 3D 업종이라고 한다.

"디자이너는 그림만 그리는 게 아니다. 막내 디자이너일 때는 매일매일 우는 게 일 이었다니까?"

이런 이야기를 들으면 사람들은 그럼 언제부터 힘들지 않았는지 물어본다. 그러면 나는 이렇게 대답한다.

"연차가 되어 중간에 낀 디자이너일 때도 힘들었고, 고참이 된 후에도 힘들어. 계속 힘들다고. 앞으로도 그렇지 않을까? 그럼에도 불구하고 이 일이 너무 좋아서 할 뿐 이야."

인터뷰 이야기

"기사를 보고 구두 디자이너에 대해 알게 되었고, 구두 디자이너의 꿈을 키우게 되었습니다."

하루는 한 대학생으로부터 이런 내용의 메일을 받게 되었다. 잘 알려지지 않은 구두 디자이너라는 직업의 특성상 인터뷰를 통해 직업을 알릴 수도 있겠구나 싶었다. 어깨가 조금 더 무거워졌다. 내 말 한마디에 이 직업이 어떻게 보이는지까지 생각해야 하니 말 한마디 선택에 신중해졌다.

최근에는 어느 대형 쇼핑몰에서 입점을 제의받았는데, 신문 기사를 본 그곳의 사장님이 담당자에게 나를 찾아보라 했다고 한다. 정말 지나가는 일 하나하나도 허투루 하면 안 되겠다는 것을 느낀다.

요즘도 인터뷰는 계속된다. 처음에는 단순히 이야기를 통해 나를 표현하는 것이라고 생각했던 인터뷰였지만, 점점 더 책임감을 가지게 된다. 인터뷰를 통해 나도 꽤 단단해지고 있다는 생각을 하면 그 또한 즐거움이 될 수 있다. 오늘도 인터뷰 전 거울을 보며 웃는 연습을 해본다.

그녀의 슈즈룸

Shoes Room

펴낸날	초판 1쇄 2012년 6월 27일

지은이	김미선
펴낸이	심만수
펴낸곳	(주)살림출판사
출판등록	1989년 11월 1일 제9-210호

경기도 파주시 문발동 522-1
전화 031) 955-1350   팩스 031) 955-1355
기획 · 편집 031) 955-4671
http://www.sallimbooks.com
lohas@sallimbooks.com

ISBN   978-89-522-1910-7 13810

* 값은 뒤표지에 있습니다.
* 잘못 만들어진 책은 구입하신 서점에서 바꾸어 드립니다.

책임편집 박종훈